# 英雄伝説 空の軌跡
## リベール王国スナップショット

◉ はせがわみやび
Illustrator
◉ 西野幸治

# 目次

# 第1話　突撃！　メイベル市長の華麗な一日

# 1

商業都市ボース・北街区。

昼の強い日差しが、通りの石畳を焦がし、道行く人々の足下に小さな影を作っている。

東西に伸びるその通りを、靴音をぺたぺた鳴らして駆けるひとりの少女がいた。

明るい色のブラウンの髪が風になびき、頭の後ろで束ねた黄色いリボンが跳ねている。小さな丸い眼鏡を掛けていた。どこかほんにゃりとしたゆるい雰囲気が漂っていて、急いて走っていてもその印象は変わらない。

と、一軒の店の前で、彼女の首がぐりんと曲がる。

「おおっとぉ」

足をいきなり止めたものだから細い身体が泳いだ。

「っと、とととっと！　あああぁ」

コケそうになったが、かろうじて踏みとどまる。

「はあはあ。と、通り過ぎるところでしたぁ」

ゆるゆるした台詞を吐き、見上げる看板には、『キルシェ』と書かれていた。ボース市の北西にある大きな居酒屋だ。昼はボース市民の食事処として商っている。

切らしていた息を整えつつ彼女は扉を開けて中に入った。

ざわめきに包み込まれる。

二階まで吹き抜けになっている大きな店は昼下がりだというのに客でいっぱいで、肉の焼ける良い匂いと熱気で満ちていた。

天井で五枚羽の飾り風車が、籠もった昼の熱を生ぬるく掻き混ぜている。

お腹がぐーっと鳴る。両手で押さえつつ、彼女は視線を巡らせた。カウンターに座る男の背中を捕まえる。

「センパイ！　ナイアル先輩！」

呼ばれた男が振り返った。

「んぁ？　おまえか、ドロシー。どこへ行ってた。遅っせぇぞ！」

「マーケットですよぅ。ついでに焼きつけを済ませてきちゃいましたから。ほらほら見てください。可愛いです～」

とたた、と走り寄って、ドロシーと呼ばれた少女は肩に提げた鞄から、大きな封筒を取り出す。

「ちょ、ちょっと待て！　それ、写真か？　んなところで広げるなっての！」

「はいはい。だいじょうぶです」

「なわけあるか！」

そう言っても聞かないことは分かっていたので、ナイアルはカウンターの上から慌てて皿を避けてスペースを作る。

「っと、もったいねぇ」

「意地汚いですよぅ、先輩。そんな指についたスープを舐めるなんて」

「誰のせいだっつーの！」

「そんなことはどうでもいいんです」

「よくねぇ！　てか、話を聞け！」

「ほらほら。ボースマーケットですよ！　このコってば、すっごくエレガントなコですよねぇ」

　ドロシーが封筒から写真を何枚も取り出して並べ始めた。

　狭いカウンターの上がいっぱいになる。

　相変わらずの写真バカだ。ナイアルは思った。

　いや――。

　ナイアルは並べられた写真を見て目を瞠る。

「こいつは……！」

　バカと紙一重のほうか。

「どーですか、先輩？」

「どうやって撮った……？」

「えっ。ふつーですよ。ぐるっと回って」

　にっこり微笑んで言った。

それらは、ボースマーケットを撮った写真だった。

ボースマーケットは、商業都市ボースを象徴する巨大な百貨店だ。街の北の中心に聳え立ち、百貨の名の通り様々な店がひとつの建物に入っている。

その巨大さは、市の北街区の四分の一ほども占めると言えば判るだろう。

並べられた写真はボースマーケットをぐるっと外から回って撮られたものだった。

ハガキほどの大きさの十枚以上の写真を互いに繋がるように並べているのだけれど、驚いたことにくっつけると切れ目がわからない。一枚一枚の写真が左右でぴったり合わさっていて、建物の外周三六〇度に渡って映されていた。

少しずつ重なるように撮るならできるだろう。あるいは東西南北のそれぞれ正面から撮っただけならば、それもわかる。

だが、これは……。

「おまえ、三脚とか使ってなかったよな？」

「はい？　はい、そうですけど」

きょとんとした顔つきでドロシーが答える。

――それで、このパノラマ写真を撮ってみせたってのかよ！

ナイアルは内心で舌を巻いた。

しかも、東側から撮った写真も西から撮った写真も、きれいに日差しを受けている。ということは、こいつは建物いっこに丸一日を費やして撮りあげたってことだ。

目の前の娘、ドロシー・ハイアットは、まだ二十になったばかりだというのに、リベール通信社のカメラマンとして雇われている。それだけの腕がある。オーバルカメラの天才ってやつなのだ。

「マーケットさんは、背が高いだけじゃぁなくて、お洒落さんで、とっても可愛いコですよ～」

とドロシーが言った。彼女の目にはどうやら建物や風景がひとりひとりの人間と同じ個性豊かな表情を浮かべて見えているらしい。

「うまく撮れているじゃないか。ドロシーくんは写真が上手なんだねえ」

カウンターの向こうから『キルシェ』の主人も褒めた。注文をとって、ドロシーの前にもレッドテールスープを置く。

「ありがとうございます～。えへへ」

照れて頭の後ろを掻く仕草はとても天才には見えなかったが。

「っと。そうでした。それで、先輩のほうはどうだったんですかぁ？」

ドロシーの問いかけにナイアルの表情が変わる。苦虫を噛んだような顔になった。

「失敗だ」

「えー？」

「インタビューを受けている時間はない、とさ。取りつく島もねえ」

一方のナイアルのほうはリベール通信社に雇われている記者である。雇用されているのだから社の方針には従わなければならなくて——具体的に言えば、この市の市長へのインタビューを敢行することを命じられていた。

のだけれど、あっさりと断られ……。

「市長さんですもんねえ。お忙しいんですねー」

「そりゃ、そうだろうが……。せめて会うだけでもできりゃよかったんだがな」

あの市長つきのメイドは優秀すぎる。まるで鉄の女だ。会いたいというナイアルの依頼をあっさりと切って捨てて畳んでつき返してきた。

「それとも、また頼み方がまずかったんですか？」

「ぐっ！　……おまえな」

悪気はないのはわかるのだが痛いところを突きやがる。

「先輩、有名人の記事とか苦手ですもんねぇ」

「言うんじゃねえよ！」

たとえ事実でもだ。

ナイアルはあまり人間付き合いが得意でない。コネを操ることもお世辞を言うことも苦手なナイアルにとって、有名人のゴシップ記事ほど苦手なものはなかった。

本音を言えば、事件だ。もっと大きな事件を追いたい。記事を書きたい。そう思う。

だが、インタビューを取らねば社から報酬が出ない。

　ミラが無ければ次の街に行くこともできはしない。ここで足止めだ。それどころか、ホテル代だっていつまで持つか。このままじゃ数日後には青空を天幕にした素敵なサバイバルライフが始まることになる。

　世の中、万事ミラ次第……せつねぇ。

「消えた飛行客船の行方もまだ突きとめてねえってのに。くそっ！」

　拳で膝を叩く。

「仕方ないですねー」

「あのな。おまえも一蓮托生だってこと忘れるなよ？　記事が取れなけりゃ、写真の経費は落ちないからなっ」

「ええっ!?　それは横暴ですよぅ」

「当たり前だっつーの、このトンチキ娘！」

「ううん。困りましたねー。けっこう、いっぱい撮ってしまいました。これからの焼きつけ代だけでも、ええと……。とにかくいっぱい掛かりそうなのに」

　うーんうーんと唸るドロシーを横目で見ながらナイアルはカウンターに頬杖をついた。

　さて、どうしたもんかな、とつぶやく。

「あ、そーいえば……」

「うん？」

「その市長さんですけど。マーケットで聞いた話では、よくひとりきりでお店を視察しているって」

「ひとりきりで、だと？　市長が？」

まさかと思ったのだ。ボースは充分都会だ。王都グランセルに比べれば小さいとはいえ、この街で市長が供も連れずに歩き回ってるって？

「ああ、メイベル市長はそういう方ですよ」

答えが意外なところから返ってくる。カウンターの向こうで店主が皿を乾いた布でこすりながら言ってきた。

「マジか？」

「はい。まだお若いのに、前の市長であったお父様を亡くしてから立派に市長の職を継いでらして……。その商才というか、経営の手腕は父親をしのぐとのもっぱらの噂です」

「ほー。すごいんだな」

思わず、という感じで漏らしてしまったひとことだったけれど、自らの市の市長を褒められてよほどうれしかったのか、彼は延々とメイベル市長がいかに素晴らしいかについて語りだした。

曰く、商業都市ボースが近年著しく貿易利益をあげだしたのは市長がきめ細やかに貿易品を監視しているおかげである。安く買って高く売る。商売の基本を忠実に実行しているだけなのだが、その簡単なことが実は難しい。

　メイベル市長はボースと他国の間で売り買いされているあらゆる品目について常に目を光らせているのだという。

　店長は延々と語り続けた。

　さらに市の経済の中心であるボースマーケットは、メイベル市長自身がオーナーであることもあって、自ら視察を繰り返している、と。

「オーナー……経営者だって？　あのでかい店の、か」

　店主に頷かれてナイアルは言葉を失う。

「メイベル市長って、まだ若かったよな？」

「確か、二十一とか」

「に……にじゅういちぃ？」

　こいつとたいして変わらない……だと？

「な、なんですか、先輩。その目はいったいなんですかぁ」

　思わず振った視線の先で、ドロシーが走って乱れた髪をなでつけ、リボンを引っ張って整えていた。眼鏡の弦を中指で押し上げてお澄まし顔をしてみせる。また無駄なことを。そんなんでしっかり者に見えたら苦労はない。

しかし……。二十一で市長を勤めるだけでも信じられないが、その上で街で一番でかい商業施設ひとつの経営者……だと?

「すげえ、な……」

「だろう。しかも、それだけじゃない」

「ほう」

「美人なんだ」

「……………………だから、どうしてそこで落ち込んでやがる、ドロシー」

「しっかり者で美人さんなんてずるいです……」

「おまえ、今までそんなの気にしてたことねーだろ!?」

「でもなんとなく、ですねぇ」

「あのなぁ。カメラマンはおまえしかいねーんだから、しっかりしてくれよな」

「はぁ……はい」

——ま、放っておくか。いつもみたいにそのうち立ち直るだろうし。

「なるほどな。市長にとっちゃ、マーケットの視察も仕事というわけか……」

そのとき、ナイアルの頭にひとつのアイデアが閃いた。

「そうか……ひとりで視察、ね……」

よし、と腹をくくる。

インタビューを申し込んで断られた以上、正攻法では市長の記事は書けない。ならば、ボースマーケットに潜入して、その視察の様子ってやつを見てやろう。

まるでゴシップ記者のようだが、背に腹は換えられない。

記事のタイトルも思いついた。

『突撃！　メイベル市長の華麗な一日』

まるで大衆雑誌の見出しのようだが、それくらいのほうが割り切って書ける！　……気がした。たぶん。

おし、とナイアルは気合を入れる。残っていた真っ赤なスープを飲み干すと、さっそく取材の段取りを考え始める。

「ドロシー」

「はい。なんですか、先輩？」

このときナイアルは、自分の次のひとことが思わぬ波紋をもたらすなどとは思っていなかった。

「おまえ、こっそり盗み撮りってできるか？」

あくまでも気軽に、カメラの天才に聞いただけのつもりだった。

「……へ？」

オーバルカメラの手入れを始めていたドロシーが振り返る。困惑の表情のまま彼女は固まっていた。

## 2

「困りましたねー」

真夜中近く。フリーデンホテルの自らの部屋で、焼きつけた写真の整理をしながら、ドロシーは先ほどから何度も同じ台詞を繰り返していた。

「大丈夫でしょうかぁ。はあ。っと、これは可愛いコですから、こっち」

一枚の写真を机の右手に重ねる。ルーアンの街の時計台を写したものだ。

「これはかっこいいコだから、こっち、っと」

左側に重ねたのは岬の灯台の写真で、右上隅の空に一羽のカモメが映りこんでいる。

写真の差は余人にはさっぱりわからないものの、ドロシーには明らかなようで、独自の基準で迷うことなく振り分けていく。

大量の写真を仕分け終わると、それぞれを封筒に入れて整理する。ひととおりの作業を済ませてから、ドロシーはふたたびため息をついた。

「困りました……」

何度目になるかわからない呟きを繰り返す。

ナイアル先輩が名物市長の記事を欲しがっているのは理解している。書かないと報酬がもらえない、わけだ。ドロシーにとっても困ることで、なにしろ写真というのはそれなりにミラがかかる。

けれど……。

自分に隠し撮りなんてできるだろうか？

先輩は言っていた。「ゴシップが書きたいわけじゃねえ。紙面に載せる前にちゃんと許可は取る」、と。

あくまで市民の目でありのままの市長の働きぶりを見守り、記事にしたいだけだ、と。そう言いつつも目が泳いでいたから、ナイアル先輩にとっても不本意で後ろめたさがあるようだけど……。

メイベル市長の振る舞いを自然に撮ってくれればいい、と言っていたのだ。

けど、問題はそこではない。

「わたし、静かに写真なんて撮れるんでしょうか？」

自問自答してしまう。

ドロシー・ハイアットはカメラを構えたときに黙っていた記憶がない。

というか、ありていにいって――うるさい。

と、しばしば言われる。

「でも、ご機嫌よくしてもらわないと、よい顔はしてくれませんしねぇ」

モデルが、静かに佇む木々であろうと、物言わぬ古代遺跡であろうと、よい気分になってもらってこそ、素敵な表情を撮ることができる。ドロシーには当たり前のことなのだけれど、あまり周囲の理解は得られていない。

それでも、いつも精一杯もてなしてから、シャッターを切っている。

もはや自分がそんなことをしているなんて意識にさえ昇らないほどに。

だから——こっそりと、なんて……。

「できるんでしょうかぁ？　はあ」

明日は早い。ナイアル先輩と待ち合わせた時刻は日の出よりも前だった。

とまどいを抱えたまま眠りにつき——。

夜が明ける少し前にドロシーは目が覚めた。

胸の内の不安は倍の大きさに膨れていた。

3

綺麗だぁ、とドロシーはその屋敷を見て思った。

メイベル市長の暮らす邸宅は、個人の住む建物としては、おそらくボース市でもっとも大きいもののひとつだ。

二階建てで、南の棟だけは窓を見る限り三階まで存在する。

壁一面が白い石を組み上げてできており、昇って間もない柔らかい朝の光が、壁を薔薇色に染めていた。まるで頬を赤らめている貴婦人のように見えた。

張り出し窓は大きなガラス入り。きらきらと朝日に光っている。

今すぐにシャッターを切りたい。

ドロシーは思ってしまう。うずうずする。

「ダメだ」

「まだ何も言ってないですよぅ」

「だったらカメラを降ろせっての！」

「はっ！　つい」

いけない。いつの間にか構えていた。

ドロシーとナイアルは市長宅の門が見通せる通りの角に潜んでいた。

日の出前からココに突っ立っているから、そろそろ足が痛くなってきている。お腹も空いてきた。眠気だって――

「ふわわわ～」

「声を出すなっつーの！」

「んぐっ……うう、ふぁぁああ。む、むりふぇふよぉ」

それでも欠伸を噛み殺そうとしたら、目尻に涙が浮いた

「おまえな。今日の獲物は建物じゃねえって言ってるだろ！」

ぺしっ、と頭をはたかれる。

目じりに浮いた涙が零れた。

「女の子の頭をぽんぽん叩かないでくださいよぅ」

「おれは後輩には厳しい先輩でありたいと思ってるんでな。……しかし、動きがねえな」

「何がですかあ？」

「おかしい。いくらまだ朝早いからって、市庁舎のほうに向かうにしても、お忍びで視察に出るにしても、そろそろ動きがあっていいはずだ。おい、なんか見えるか？」

「わたしのカメラは遠眼鏡ではないのですけどぉ」

ぎろっと睨まれて、ドロシーはカメラを抱えなおした。

オーバルカメラは小さくても、導力革命以後の最新技術が詰まった精密機械だ。レンズの部分にだけは古い匠の技が使われているけれど、内部装置や記録媒体には七耀石を組み込んだ最新の結晶回路が使われている。

鞄から望遠用の交換レンズを取り出してカメラにセット。屋敷にレンズを向け、遊撃士の使

う導力器に似た（ただし、大きさは五分の一ほど）円盤を指先でなぞりあげれば、カメラの後ろにある投影板にレンズを通した画像が現れ、ピントを結んだ。

ドロシーは、機械だけに頼るのは好きではなくて、ファインダー越しにマニュアルでセッティングするほうが好みなのだが、今は先輩に見せなければならないから仕方ない。

投影板に、一階のガラス窓越しの室内の様子を写しとる。

ピントＯＫ、絞りもチェック。ん。ばっちりだ。このままシャッターを切れば——。

「っと、撮影するのではありませんでした」

「なんか見えるか？」

「こんな感じですけど」

投影板に映し出された画像をロックしてからナイアルに見せる。記憶子には保存してないから、ロックを解除すれば映像は消えてしまうが、今は問題ない。

食堂らしきところで屋敷の使用人たちが集まっている光景が写っている。

こんなことをしていると、まるで遊撃士か街の自警団の張り込み捜査みたいだ。

「片づけてやがるな」

「そういえば、のんびりした感じですねー」

互いに笑い合いながら、テーブルを拭いたり、食器を抱え持ったり、すっかり朝食後のひとときという感じ……。

「あれ？　あれれれ？　そろそろ朝食のお時間というところだと思うのですが」

「……さては！」

顔色を変えたナイアルが角から飛び出すと、屋敷の門柱に飛びついた。

呼び鈴を鳴らしまくる。

険のある表情を浮かべ、ひとりの若いメイドが出てきた。不機嫌そう。美人が怒るとちょっとおっかない。

「またあなたですか。記者ナイアル・バーンズ殿。メイベル様へのインタビューは昨日お断りしたはずですが」

「市長は？」

「ご用件は？」

「いるのか！　いねーのか！」

「ご用件は？　どのようなご用件でしょう。アポイントメントはお済みですか？」

——すっごい、このひと。

ドロシーは内心でだらだらと冷や汗を流しまくりつつ一歩引いて見守ってしまう。

心臓がドキドキしていた。

ナイアル先輩は、決して恐ろしげな風貌をしているわけではない。目つきこそちょっと怖いけれど、体格はふつう、というかやや細めだし、筋肉だってついてない。

安売りで買ったよれよれのシャツを胸元をだらしなく開けて、いつもネクタイをゆるく巻いている、一歩間違えれば失業中のおじ——お兄さんみたいななりをしているだけのふつうの青年だ。

が、だからといって、目の前のメイドさんから見れば、年上の男の人なわけで……。こうまでクールにあしらえるものだろうか。

ナイアル先輩を足下を歩く蟻か羽虫のような態度できっぱりはっきり応対してる。

「だから、家にいるのかって聞いている！」

先輩も負けてなかった。

まだまだしぶとく粘っていた。

ジャーナリストの鑑かも。ドロシーは素直にそう思い、ふと気づいた。

あれ？

——いま、このひと、すこし笑いませんでしたか？

頭に血を昇らせているナイアル先輩はまったく気づかなかったようだが、ほんの少しだけ何かを企んでいるかのような笑みがメイドの口許に浮かんだ、ような。

「市長は、もうお出かけになられました」

それまで頑なにナイアルの問いかけを無視していたメイドが言った。

「どこへ！」

「さあ――」

余計なことは話さない口数少ないメイドが言った。

「ただ……本日は公務は入っておりません」

言外に、市庁舎には行ってないと匂わせた。ナイアルが「マーケットか！」と短く叫ぶ。

「出遅れたか。行くぞ、ドロシー！」

「は、はいですぅ！」

駆け出した先輩を追って、新米カメラマンは鞄を抱えなおして走り出した。

ふたりの背中を見送ったメイドが「では、こちらも準備を始めましょうか」と小声で呟いたが――。

午後の風にさらわれたその声が、ナイアルとドロシーの耳にまで届くことはなかった。

4

ボースマーケットは四方を大通りに囲まれた、上から見ればほぼ真四角な形をした建物だ。通りに沿った白亜の壁沿いには季節の花を植えたプランターが置かれ、道行く人々の目を楽しませていた。

　マーケット西側の入り口。

　ドロシーとともに佇み、ナイアルは建物を見上げる。

「ったく、こんなに高くつくる必要があったのかねえ」

　市の北側の四分の一ほども占める広さがあるのだから、それだけで充分な店が入ることができる。事実、中は吹き抜けの平屋で、二階さえない。

　それなのに、屋根は三階ほどの高さにある。

「中に噴水までありますから」

「いやそれおかしいだろ。そこまで吹きあがらねえぞ⁉」

　後輩の言葉に思わずナイアルは突っ込む。

　百貨店の中央にちょっとした広場と噴水があるというのは、確かにすごいことだとは思うが、だからといってこれだけの高さは必要ないはずだ。

「薬局も青果店も金物屋も入ってますよー」

「だからそーいう問題じゃ——ええい、入るぞ！」

　出窓のように半円をした形の正面のガラス扉は、真ん中から左右へと回るように開く面白い構造をしていて、しかも人を感知して自動で動く。こんなところにも、導力革命の成果を見てとることができた。きっと、導力器を使っている。

　西から入ると、右手すぐには洋服屋、左手は雑貨屋が商いをしている。そこを皮切りに、店内のずっと奥まで異なる店が延々と連なり様々な品々を並べていて壮観のひとことだった。

つまり、ここは「ボース市の市場」なわけだ。『ボースマーケット』はひとつの店の名前ではなく、建物につけられた名前ということ。メイベル市長が持っている権利というのは、この建物への出店を許可する権利であり、彼女は市場の管理人である。

「ほんとにたくさんのものを売ってますよねぇ。それに人がいっぱい」

「キョロキョロしてんなよ、首が痛くなるぞ！」

「ですよねー」

真顔で頷かれた。

……痛めたことあるのかよ、こいつ。

しかし――この中から、市長を探すのか……。

しかもお忍びでボースマーケットに来ている、というのは当て推量であって確証はないわけだった。

一瞬、やめちまおうかな、と弱気になるが、ナイアルはかろうじて思いとどまる。一文無しで野宿は嫌だったし……。

――大体、おれはそれでもかろうじて耐えられるかもしれねぇが。

ちらりと横に立つ相棒を見る。

――こいつは無理だろうしなぁ。

「先輩、どこから捜しましょう？」

「あー」

盗み見たとたんにこちらに顔を向けられて、ぎくりとしてしまう。ほんの少しだけナイアルはうろたえた。相変わらず人の視線には聡いやつだ。カメラマンの習性なんだろうか。

「とりあえず、ぐるっと回ってみる」

「はい～」

ゆるい返答に、だいじょうぶか？　と不安になりつつ、ナイアルは店内をゆっくりと見て回り始め、しばらくして気づいた。

そういえばまだ市長の顔を知らなかった。

——意味ねえじゃねえかよ！

図書館か市庁舎にでもよって、紳士録《フーズ・フー》でも見ておくのだった！

「あれ、すごいですねえ」

ドロシーの声にナイアルは顔をあげる。

ほらほらと指差すほうを見ると、金物屋の店先だった。金物だけでなく、皿や鍋などの陶磁器も売っているらしい。平台があって、『特売』と書かれた貼り紙とともに白い簡素な皿がうず高く積まれていた。

「てか、積みすぎだろ、おい！」

視線より高いところに一番上の皿がある。ナイアルが手をいっぱいに伸ばしてかろうじて届くかどうかというところだ。

なんだかゆらゆらと揺れているような気さえする。

「おいおいおい。やばくねぇか、あれ」

しかも、恰幅のいい女性がひとり、目を輝かせながら「安いわぁ」と言いつつ、強引に白い皿の塔の中ほどから一枚抜き取ろうと——って、無茶だ、それは！

「せせ、先輩！」

「馬鹿が！」

——くそっ、派手に揺れてやがる！

客にぶつかりながらも駆け出したが、とうてい間に合いそうもない。

涼やかな声とともに、揺れていた皿の塔がぴたりと静まる。

「だめですよ」

ナイアルの足が止まった。

人波の向こうに、皿の塔を支える女性の姿が見えた。

栗色の髪をした二十歳ほどの少女だった。リボンの色と同じ赤い上着を羽織り、胸元を大きな青い宝石で留めている。ピンク色の内服にはひらひらがついていて、なんだかとても高そうだ。

「あぶないですから、こういうときは店員を遠慮なく呼んでくださいね」

そう言いながら、皿を抜き取ろうとした女性ににこりと微笑む。不満げな顔つきに一瞬だけなったものの、彼女は自分を咎めた相手が誰だか判るにつれて表情を変えた。

「し、市長！」

「はい」

「もも、申し訳ありません！　あのそのあの……」

「いいえ。あなたにお怪我がなくてなによりですわ」

――市長、だと⁉

数歩前でかろうじて止まったナイアルは慌てて陳列棚の影に潜んだ。「せ、先輩」と声をかけながら近づいてきたドロシーの頭を抑えこんで自分と同様に隠れさせる。

「むぎゅ」

「声を出すなっつーの！」

――あれが、ボース市の市長、メイベルか。

本当に若かった。しかも美人だった。

メイベル市長は店員を呼んで客の相手をさせると、そのまま自分は店主を店の裏まで連れて行って、危険な皿の塔をやめるように言い聞かせた。

「この並べ方は危険です。お客さまが怪我する可能性があるわ。改善するように」

柔らかい声だが、有無を言わせないきっぱりとした物言いに、金物屋の主人が平謝りする。

「あなたがいつも安い品を苦労して仕入れてきてくれるのは知っています。だからこそ、こんなことでお店の評判を落としてはいけないわ。ね？」

「あ、ありがとうございます！」

大声の持ち主の店主はそう言いながら、ぺこぺこ頭を下げた。

あれだけ声を張り上げてしまっては、せっかくメイベルがバックヤードに連れて行っても意味がなくなってしまう……。

それでも誰ひとり嫌な思いをさせることなく収めてしまった市長の行動にナイアルは舌を巻いた。本音では二十一の小娘にどれほどのことができるかと――侮っていなかったと言えば嘘になる。

「ドロシー。撮ったか？」

「んーんーんー」

「っと！　わりい」

しまった。口を塞いで棚の隅に押し込んだのは自分だった。忘れてた。

「んふぁぁ！　はあはあはあ。ひ、ひどいですよぅ、先輩。はぁ。苦しかった」

「いいから、声を抑えろっての。カメラだ、カメラ。何枚か、撮っとけ！」

「は、はい」

「静かにだぞ！」

「う、ひゃい！　わわ、わっかりましゃ……まひた」

きゅっと口を結び、かろうじて半身が見えている市長へとカメラを構える。もちろん棚の陰からだ。口を開いては閉じ、開いては閉じた末に（声を出さないように葛藤してるのだろう）、シャッターを押し込み、何枚か写真に収めた。

バックヤードから出てきたメイベルは、そのまま店の巡回を続けるようだった。ナイアルもドロシーと共に隠れつつ後をつける。

金物屋から雑貨店へと移動。市長はそこでまた足を止めた。

書棚の前を行ったり来たり繰り返している青年がいて、困った顔をしたままチラチラと店主の方を見ている。

探し物をしているようだが、あいにく店が混んでいて、主のほうは気づかない。

メイベル市長がそっと近づき、青年に声をかけた。

「本をお探し？」

声をかけられた青年は市長の顔を知らないようだった。旅行客らしく、話しているうちに、商売を学ぶために商業都市ボースにやってきたとわかる。

「それでしたら、お勧めはこれかしら」

書棚から一冊の本を抜き出して見せる。

軽く本の説明をしてから、それ以外にも数冊を選んでみせた。

――まさか棚の本をぜんぶ覚えてるわけじゃねーよな？

それは無いだろうとは思ったが、淀みなく選択するってことは、恐らくは自分も学ぶときに使った本なのだろう。経済発展を続けるボースの敏腕市長の推薦本とも気づかずに、青年は感謝の言葉を述べて売り場に向かった。

「はあぁ、なんだかすごい人ですよぅ」

「まあな。って、おい。今のはちゃんと撮ったか？」

「はぁ。まあ、その……撮りました、けど」

「けどなんだよ」

「なんか……ヘンなんです、ケド」

「何が変なんだ？」

「んー。……なんか、です」

要領を得ないドロシーの返事にナイアルは訝しむ。

だが、問い正している余裕はなかったのだ。メイベル市長がふたたび視察を再開させてしまっていた。

ドロシーの言うことも気にはなったが、混雑するマーケットの中で見失ったら、再度見つけるのは難しいに違いない。

「くそっ！　追うぞ！」

5

ドロシーは苦労していた。

いつもと違うやり方でカメラを構えているせいなのか。それとも何か他に理由があるのか。全然うまく撮れない。撮れる気もしない。

――こんなにうまくいかないのは何故なんでしょう？

あまり人物写真というのは撮らないドロシーだけれど、決して苦手というわけではなかった、はずだ。

人も自然も静物も変わりはしない。

よい――そのコらしい素敵な表情をしていたら、それをカメラに収めるだけ。の、はずなんだけど……。

今ファインダー越しに見えているのは、ボースの市長、メイベルの姿だった。

財布を落とした客がいて、目ざとく落ちる瞬間を見たメイベルが拾って追いかけて、まさに渡すところ。

ちょっと走って追ったのでドロシーは息が切れている。

深呼吸してからファインダーを覗き込んだ。

「あ……」

まただ。

ドロシーがカメラを構える。ファインダー越しに彼女の姿を捉えて、ピントを合わせ、絞りを決めて、まさにシャッターを押し込もうとしたその瞬間。

すっとメイベルが顔を背けてしまった。

これでは撮れない。

いや、撮ってもいいのだけれど、それでは新聞には載せられないだろう。後ろ向きの肖像写真じゃしょうがない。仕方なしに再び集中して次の機会を待つ。

市長は半身にしていた身体を回転させ、一歩、二歩立つ位置を変えてから、顔をこちらに向けた。

——ああん、もう！　なんでですかぁ！

絶好のチャンスなのだけれど、前の人、邪魔です！

けれどもう、財布を渡す瞬間はそのときしかなくて、仕方なしにドロシーはシャッターを切った。

「あううう」

失敗だ。表情はばっちり撮れたけれど、トリミングをしないかぎり、余計なものまで写ってしまっている。

どういうことだろう？

こんな失敗は今までした経験がない。

覚えがない。

いつだって写すべき相手にあれこれ話しかけているうちに「いちばんいい瞬間」が訪れてくれた。その瞬間にシャッターを押すだけでばっちりの写真が撮れたのに……。


迷子が泣いていた。

泣き声に反応したのはやっぱりメイベルのほうが先で、男の子に駆け寄ったメイベルはあやしつつ手を繋いで両親を探し始めた。ナイアルと共にドロシーは後をつけるしかなかった。

ちょっと心配しつつ。

でもすぐに親が見つかって、ほっとしたドロシーはカメラを構えた。

物陰から様子を伺っているうちに、再び違和感がくる。

——あれれ？

なんだろう、あの人。

今度は市長の向こう側に妙な人がいる。

妙、と思ったのは、その男が何も見ていなかったからだ。ファインダー越しでもドロシーには彼の視線が近くの商品のどれも捉えていないのがわかる。

——なんであの人、店の奥なんて見ているのでしょう？

レンズを動かして、ピントを背後の男に合わせているうちにドロシーは気づいた。男の着ている服がおかしい。

「可愛くないですよぅ」

と、思わず呟いていた。

センスの問題ではない。ドロシーにはわかる。あの服はあの男の趣味ではない。自分で選んだ服じゃなくて、でも、どうしてそんな服をわざわざ着て、洋服屋なんて見ているのだろう？

「おい！　撮ったのか？」

先輩の声に我に返る。

「はは、はい！」

シャッターを切ってからドロシーは気づいた。しまった、ピントがそのままだ！

——何やってるんだ、わたし！

とんでもない失態だった。慌ててピントを市長に合わせなおしてから撮る。

けれど、そのときにはもうメイベル市長はかしこまった顔になって感謝して頭を下げる夫婦に向かって、子どもの手を離してはいけませんよ、と諭していた。

その前の、子どもに「よかったね」と微笑みかけたときのほうが、絶対いい顔だったのに！

ずーんと落ち込んでしまう。

「あれぇ、どうしたの、ドロシー」

聞き覚えのある声に顔をあげた。

「あ……エステルちゃん……」

遊撃士のコンビ、エステルとヨシュアだ。

「マーケットでお仕事？」

「あ、うん。そうなんだ～」

ニコニコした顔のエステルに負けじとドロシーもなんとか笑みを作る。さすがにこのふたりの前で落ち込んだ顔なんて見せられない。

長い髪を左右でおさげにした少女がエステル・ブライト。王国では珍しい漆黒の髪と琥珀色の瞳を持つヨシュアはその弟だという。ふたりともドロシーよりも年下なのだ。

少し前に知り合ったこの遊撃士コンビは、行方不明の父親を探すために王国内を旅している。そんな彼らが元気なのに、自分が落ち込んでいるところは見せられない。

「そっかー。お仕事、大変みたいね」

と言って、エステルがにこっと微笑む。

「いえいえ～。それよりエステルちゃんたちは……？」

「僕たちは買い出しです」

「ちょっとハーケン門のほうまで行かなくちゃいけなくなってさ！　ほら旅をするにはそれなりの支度がいるじゃない？」

「でも、そのお菓子は余計だと思うけど」

愛用の棍を背にした遊撃士の少女に向かって、ヨシュアが冷静に突っ込んだ。エステルは左右の手にふわふわのカステラを持っている。

「ふっふっふ、ヨシュア、このエステルさんがいいことを教えてあげるわ」

「……一体どうしたのさ」

「いい？　この世にはね、『腹八分目じゃ戦えない』ってことわざがあるのよ！」

「そんなことわざ無いと思うんだけど」

「いいの！　あるったらあるの！　なかったらつけておいて！」

「つけが利くのか……」

「これは女の子の真理なんだから！」

「はぁ……君の気持ちも分からなくはないけど、僕たち遊撃士にとって食べ過ぎは危険じゃないかな？」

「き――きけん？」

「命の危険ってこと」

「な、なによ。それってどういう……」

「戦いのときの立ち回りに支障が出る、かもしれないだろ？」

　ヨシュアのまわりくどい言い回しに気づいたのはドロシーのほうが先だった。思わず口にしてしまった。

「つまり、エステルちゃんがカステラの食べ過ぎでふっくらモチモチしちゃうってことか～。それはそれで可愛いかもですねぇ」

「あ、あんですってぇ～～～！」

　ヨシュアに向かって手を振りあげ、その手がカステラを握り締めていることに気づいて手を下ろした。

「僕は言ってないけど」

「ううう～～」

　唸りながらエステルがヨシュアを睨みつける。

「うふふ。相変わらず仲がいいんだね～」

「へ？」

「うらやましいなぁ。兄弟っていいよねー」

「あ、うん。よく言われる。えへへ」

「仲良きことは良き哉だよ～」

　エステルはドロシーの言葉にありがとう、と笑顔になり、そんなエステルを見てヨシュアが肩をすくめつつ、優しい笑みを浮かべた。

「おおい。ドロシー！」

声に振り返る。ナイアル先輩がいつの間にか移動していて、北側出口に向かう通路のほうから呼んでいた。

「っと、先輩が呼んでるみたいだから、またね～！」

遊撃士コンビに別れを告げて、先輩のほうへと駆け寄る。

「あの、今エステルちゃんたちが――」

「ああ、見えた。それより、今日はもう退散するぞ。そろそろ夕方になるし、市長も姿を消しちまった」

「えっ。見失っちゃったんですか？」

そう言ったら、苦々しげな顔つきになった。まさか、ナイアル先輩がまかれちゃうなんて。

でも、とドロシーは思った。ちょうど良かったかも。

今日はろくな写真が撮れなかった。仕切りなおしたほうがいい気がする。でも、次は、きっと……！

うん。エステルちゃんたちのおかげで少し元気になれたかも。

「ホテルに戻るんですか？」

「ああ」

「じゃあ、わたし、ちょっと今日撮ったぶんだけ焼きつけてきちゃいます」

　自分的には決して満足できない写真だが無駄にはできない。写真が記事に採用されるかどうかを決めるのはドロシーではないのだ。

「その必要はありません」

　凛、とした声だった。

　顔をあげると、どこかで見たような……メイドさん？

「あんたは……」

「わたしは『あんた』などという名前ではありません。記者ナイアル・バーンズ殿。リラ、と申します」

　いつの間にか目の前に立っていたのは朝に市長邸で出会ったメイドだった。

「オーバルカメラをお預かりさせていただきます」

「んだとぉ？」

　ナイアル先輩の悪い目つきが増し増しに悪くなった。まるでこれから喧嘩をする前の不良さんみたいな目。ドロシーにはあまり見せたことがない。

「これは保安上の処置ですので、ご了承願います」

　そう言うリラの後ろに、ずらりといつのまにか街の自警団が並んでいた。

　否も応もなく、ドロシーのカメラは取り上げられ。

何もわからないまま、ふたりとも、マーケットの外へと放り出された。

## 6

ドロシーとナイアルが外に出ると、もう夕焼け時だった。

太陽は西の街並みの向こうへと沈んでしまい、見えているのは赤く染まった雲だけ。ちょっと不吉な色合いだけど、でも綺麗だ。

カメラは没収されてしまったから、撮ることはできないけれど、せめて……。

ドロシーは、直角にした両手の親指と人差し指を使って四角い枠を作り、空に向ける。ファインダーの代わりだ。

心のシャッターを切ろうとして――愕然となった。

空が……。

呆然としつつも、足は動き、先輩の後をついていって、辿りついたのは、居酒屋『キルシェ』だった。

扉を開ける。昼とは雰囲気が違っている。もう夕方だから、本来の居酒屋としての営業が始まっていた。料理の匂いに酒の匂いが混じっている。

奥の席を取り、夕食にした。ナイアル先輩は不機嫌そうな顔のまま酒を注文し、ドロシーはあまり食欲がわかずに、チーズリゾットをとる。

しばらくはふたりして黙々と口を動かして……。

ナイアルの杯が空になり、二杯目が注文される。ドロシーが食べ終わったのを見計らって、彼は煙草を取り出した。

咥えた煙草に火をつけながら「どうした？」と尋ねてくる。

「お空がどんな顔をしてたのか判らなかったんです」

ドロシーの答えを聞いたナイアルは一拍間を置いてから「さっきの夕焼けか？」と言った。

「はい」

「そりゃ、酔っ払ってたんだろ」

赤かったんだから、と続ける。

そうだろうか？　真面目に検討しかけて、目の前のナイアルがくっくっと笑っているのを見て、からかわれたのだと気づいた。

「……真面目な話なんですけどぉ」

「珍しいな」

「は？」

「おまえが、写真のことで俺に尋ねるなんて、って思ったんだよ。俺は記者だぞ」

だから判るわけないだろ――と暗に言っている。

言われてみればその通りだ。どうかしてる。誰かに相談したことなんてなかったのに。

「どうした、スランプか？」

「……かも」

大変なことになった、と思った。

相手の表情が読み取れなければ、シャッターなんて切れない。ドロシーも、みなが雲や空の表情を読めないのは知識としては知っている。だから、何が大変な事態なのか判らないだろうけど――自分は困る。

「妙なことに付き合わせちまったからなぁ」

「あ、いえ、そんなことは……あるかもですけど」

「あるのかよ！」

「あ、いえ。その、ついうっかり本音がその」

ぶすっと膨れた表情になったナイアルが酒の残りをあおった。だが、次の瞬間、彼の表情が何かとっておきのイタズラを思いついた子どものような顔になる。

「そうだなあ。お互いこのままじゃ済ませられねぇよなあ」

「はい？」

ナイアルが空になった杯でテーブルを叩く。

「よし！　決めた。このまま引っ込んでられっか！　これは報道の自由に対する侵害だ！　市長だからって許されることじゃねえ！　行くぞ、ドロシー！」

「え、ええ!?　ど、どこに？」

「市長の家だよ！　乗り込んで、おまえのカメラを取り返す！」

「こ、これからですかあ」

もう外は真っ暗だ。夜も遅いのに。

「おい！　カメラが惜しくねえのか？　マイカメラがよ！」

「そりゃ……。取り返したいですよぉ。わたしのポチ君！」

「……名前つけてんのかよ」

スランプだからって愛するカメラを手放したいわけがない。

あれは――ドロシーのもうひとつの目なのだ。

自分の身体の一部だ。

「だったら――」

行くぜ！　とナイアルが宣言し、ドロシーは乗った。

こうして、ナイアルとドロシーと、そしてボース市にとって、長い長い夜が始まった。

# 7

ドロシーとナイアルは居酒屋『キルシェ』を出た。

目指す市長邸は、通りを南に下った先。

あたりはだいぶ薄暗くなっていたけれど、石畳の通りにはまだ人の流れがあった。

角に立つ街灯には、もう明かりが灯っている。のっぽが万歳をしているような格好の細長い灯りの柱が、頭と両手の先に備えたガラスの球体から、まぶしい導力灯の光を周囲に撒き散らしていた。

「でも、返してくれるんでしょーか」

「返してもらう。意地でもだ。このまま引き下がってられっか！」

不安を吹き飛ばそうとするかのように、前を歩くナイアルが語気を強める。

いや、実際、吹き飛ばそうとしてくれているのだろう。

ドロシーは知っている。

口は悪いし、目つきも悪いし、すぐに自分をポンコツ扱いするけれど、ナイアル・バーンズという男は、こう見えて色々と気配りをしてしまう性分の持ち主なのだ。

優しい、とも言う。

本人の前では決して言おうとは思わないが。

――だって、絶対全力で否定しますもんねぇ。しかも、数日はへそを曲げて怒ったふりをするに決まっています。

そんなことを考えているうちに、ドロシーたちは市長邸の前まで来ていた。

左右に立つ厳つい門柱に挟まれた鉄柵の門は、案の定というか当然というべきか、夕方をとっくに過ぎたこの時間ではしっかりと閉ざされていた。

たぶん、鍵も閉まってる。

呼び鈴を鳴らせば誰か出てきてはくれるだろうが、果たして門を通してくれるだろうか。

ここまで来て、ドロシーはようやく頭が冷めてきた。

ちょっと無理っぽい、ような。

「せ、先輩……やっぱり無謀ですよぅ」

「何びびってんだよ！　おら、行くぞ！」

そうドロシーに言ってから、ナイアルは力任せに呼び鈴を叩き、あろうことか大声でこう言った。

「たのもぉおおおお！」

「センパイ、それじゃ、道場破りですぅ！」

慌ててナイアルの服の裾を引っ張ったが、時すでに遅し。ぉぉぉ、と、ナイアルの言葉は木霊となってあたり一帯に響いてからゆっくりと消えてゆき――。

広い通りの向こう、就寝していたらしき真っ暗な家々に明かりがぽつぽつと灯った。

これはまずい。と、ドロシーは思った。

明かりの灯った家の窓が引き上げられる。「うるせえぞ、バカヤロー」高級住宅街にはあまりふさわしくない怒声が聞こえてくる。

――も、もも、もうしわけないですぅ！

暢気者のドロシーでも、さすがに肝が冷えた。

あんまりナイアル先輩に呑ませちゃだめだ。

心に固く誓う。次に呑み過ぎそうになったら、絶対止めよう。本気で止めよう。じゃないと身がもたない。

「やれやれ……困った記者さんですね」

呆れたような声に慌てて顔を向ける。

――い、いつの間に！

メイドがひとり、鉄柵の向こうに立ってナイアルと睨みあっていた。

鼓動、三つか四つぶんほどだけ。

しん……と、あたりに夜の静けさが戻った。

その静寂を破って、がらがらと門を引き開ける音が鳴る。ナイアル先輩とメイドを隔てていた柵がなくなった。けど、ふたりは相変わらず睨み合ったままだった。

――この人は、確か、リラさん。

朝、ナイアル先輩を毛虫のごとく追い払ったメイドさんだ。

「このような夜更けに、人目もはばからず遠慮もせずいったい何の御用でしょうか、記者ナイアル・バーンズ殿」

「返してもらいにきた」

「はて？ あなたに何かを借りた覚えはないのですが」

「あんたに言ってるんじゃねぇよ！」

「えっ、でもカメラを持ってったのはこの人ですよ、先輩」

と、思わずドロシーは言ってしまったのだけど、余計に事態をややこしくしただけだったようだ。

「ただのメイドがオーバルカメラを欲しがるかよ！」

律儀にナイアル先輩が突っ込み、リラさんがさらにそれを受ける。

「それは全メイドに対する侮辱です、ナイアル殿。我々はお仕えする主人のために常に世の中の新しいものに対して目を配っているものなのです。あの最新式のオーバルカメラは充分に興味を引く対象かと」

「メイドさんってすごいんですねー」

感心したら怒られた。

「おまいは何を言ってるんだ。ちげぇ！　そういう意味じゃねえっての！　指図したのは市長のほうに決まってるだろ！　てか、やっぱ判ってんじゃねえかよ！」

「当然です」

しれっとリラさんが言った。

「からかっていただけですから」

にこりともせずに言われて、先輩が絶句する。指先でリラさんを指したまま、口をぱくぱくと開けたり閉じたり。

声も出ない。

——ふわわ。なんか、やっぱりすっごい人ですよ、この人！

リラさんはくるりと背中を向けると、すたすたと屋敷に向かって歩きだした。

「お、おい、待てよ！　こら！」

すたすた。

「て、てめ——」

「よろしいのですか？」

と、顔だけをこちらに向けてリラさんが涼やかな声で問いかけてくる。

そのひとことで、先輩は声を荒げようとしていた幾先を制されてしまう。

「——え、な、なに、を」

「カメラを返して欲しいのでしょう?」

言いながら、屋敷の入り口へと続く短い階段に足をかける。まるで彼女のことを見張っていたかのように、すっと、音もなく内から扉が開いた。

導力灯の明かりが庭へと漏れ出てくる。

まぶしい光の内へと歩きながら、ボース市長付きメイドのリラは、背中越しに言い放ったのだった。

「先ほどからメイベルお嬢様がお待ちです。どうぞこちらへ」

かすかにこちらに向けた彼女の口許に、小さな笑みが浮かんでいた。

8

「ちっ。なんだってんだ……」

怒りを押し殺しつつも、他に何かできることがあるわけでなく、ナイアル先輩はリラさんの後を追って大股で歩き出した。ドロシーも慌てて続く。

——待っていた？　……わたしたちがくるのを？

考えても判らなかった。

仕方なく、ドロシーも疑問を取りあえず棚にあげて扉をくぐる。

入った先は吹き抜けの大きな広間になっていた。正面に濃い色のお仕着せを着込んだ男が立っていた。ドロシーたちを目にすると、深々と腰を折る。

「ようこそ、ナイアル様、ドロシー様。執事のメントスと申します。以後、お見知りおきを」

「ナイアルだ」

「ド、ドロシーです」

「お嬢様……市長は、二階の奥の間でお待ちでございます」

「あ。は、はい」

あれれ、と思ったのはあっという間にリラさんの姿が見えなくなっていたからだ。

とまどってしまうけれど、二階、というのはすぐにわかった。

左手に階段が見えている。あれを昇るのだろう。

赤い絨毯が敷かれた階段を昇る。吹き抜けに向かって張り出した形の回廊へと辿りつくと、ぐるっと回った先に扉が二枚見えた。

奥の部屋と言っていたから、たぶん遠くに見えるほうの扉に違いない。

――勝手に歩いていってしまってよいのでしょうか。

「おい。行くぞ」

「ああ。待ってくださいよぅ」

一瞬の躊躇もなく進む先輩記者は度胸があるのだか無鉄砲なのだか。

それにしても……広い屋敷だった。

さすがは商業都市で最も大きな商業施設を所有する市長の家というところ。張り出し廊下の幅だけでも、人が五人は横に並べそう。

緑の好きな主らしく、屋敷の中だというのに、あちこちに鉢植えの観葉植物が飾ってあるのが見てとれた。

「ミラかけてやがるな……」

「ですねぇ〜」

奥の扉まで辿りつく。

「邪魔するぜ！」

ノックもせずに押し開けた。

「せせ、せんぱい！」

「こんばんは、ナイアルさん、ドロシーさん」

部屋の主がにっこりと笑みを浮かべた。

ノックも無しに入ってきたのにそう言ってくるのだから、足音だけで誰が来たか判ったということなのだろう。

開けた扉の向こうには、平服ではなく、昼間見た通りの余所行きの外着をぴしりと着込んだメイベル市長が、椅子に座って待っていた。

欠片も驚いていない。

「不意打ちもできず、かよ……」

ナイアル先輩がつぶやく。

――って、ノックなしはワザとですか！　度胸ありすぎですよぅ、先輩！

仮にも市長である。名士なのだ。

「はぁん。そういうことかよ……」

無謀先輩がつぶやく。

「……何がそーいうことなんですか？」

「市長は、どうやらおまえの撮った写真に用があったらしいってことだよ」

――はい？

「なんで、そんなことが判るんです――かって、ああ！　それわたしの！」

ようやく気づいた。

座っている市長の前。大きなテーブルの上に散らばっているのは、あれは自分の撮った写真じゃないか。まさか、もう記憶子である感光クオーツを取り出して焼き付けまで済ませてしまったということだろうか。

メイベル市長が椅子から立ち上がってにっこりと微笑んだ。

「そうです、あなたの写真ですよ、ドロシーさん」

対面に用意されていた椅子に座るようにと促しながら、若き市長は「見事な写真ばかりです」と誉めてくる。

自分としては不本意な出来だったのだけれど、メイベル市長は満面の笑みだ。

――どういうことでしょう？

「話してくれるんだろうな？」

無鉄砲先輩の遠慮ない物言いに、メイベル市長が言う。

「もちろんです。ただ、あまり時間がありませんので、手短に」

時間……？　と、ナイアル先輩は市長の言葉を聞き咎めたものの、話を聞く事を優先させたようだ。

「南街区の強盗事件をご存じですか？」

前置き抜きで市長に言われて、言葉の意味が頭に染み込むまで少しかかった。

「……強盗事件？」

「知ってるぜ」

ナイアル先輩は椅子に座りつつ頷いた。

そういえば、と、ドロシーも思い出した。これでもいちおう新聞社のカメラマンである。ボース市の南側の地区で起きた事件だ。

確かまだ解決していないはず……。

「ボースは商業都市ですから大陸の富が集まってくるわけです。故に——それを狙われることも多く……。南街区の事件は遊撃士協会のほうにも調査をお願いしているのですけれど、その事件も収まらないうちに——」

「何か新しく問題が起きたってのか?」

「はい」

柔らかな笑みを浮かべていたメイベル市長の顔がすっと引き締まる。

「今度は、ボースマーケットが狙われているのです」

えっ、と驚いた。

マーケットが。

狙われている?

「……誰に?」

ナイアル先輩の声も厳しくなった。緊張している。

「盗賊団です」

「盗賊……」

「しかも、ただの盗賊団ではありません。魔法盗賊団です」

は?

魔法?

盗賊団？

「ええええええええ!?」

９

「その計画があることを、メイベル様は早くから突き止めていらっしゃいました」

いつの間にか姿を現したリラさんがテーブルの上に香茶を並べながら言った。香茶というのは香草を用いたお茶だ。金色の液体は口に含むと鼻に抜けるちょっとすっきりする香りをもっていた。

「美味しい」

「ボースではマーケットでも売っている紅いお茶……紅茶が有名ですけれど、こちらもお奨めです。眠気覚ましのために、少量のミントを混ぜてあります」

「あ、だから、すっきり味なんですねー」

「なごんでんじゃねえよ！」

「いたた。だから先輩、なんで女の子の頭をポンポン叩くんですかぁ！」

「おまえに緊張感がねえからだろうが！」

むすっとした顔のまま横暴先輩が言った。

メイベル市長がそれを見てくすりと笑みを浮かべる。うう、美人さんの前で恥ずかしいじゃないですかあ。

「で、だ。話を戻すぞ」

そう促されて、メイベル市長が話し始めた。

「これを見てください」

彼女がまず指で示したのが、テーブルの上の一枚の写真だ。

ドロシーもしっかり覚えている一枚。市長を撮ろうとしたら、前にひとり邪魔な人影が写ってしまったヤツ。

あのときは、そう――ドロシーはよく覚えている。

シャッターチャンスだと思った瞬間に、市長は顔を背けてしまったのだった。

「職業柄、人の視線には敏感なものですから」

さらっと市長が言った。

そう言われて、さすがに気づいた。

「わたしたちが見ているの……判っていたんですか！」

にこっと微笑まれてしまう。

――ど、どういうことになるのでしょう、それって。

「ってことは俺の取材を断ったのもわざとか」

「はい。ただ、もちろん当てにはしていませんでした。ドロシーさんのような名カメラマンがいると存じあげませんでしたし。ナイアルさんが引き下がらない性格だろうことは把握できたのですが。どちらかと言えば陽動に付き合っていただきたく……」

「陽動。ちくしょう。そういうことかよ……」

「あのー」

　ドロシーはお代わりした香茶をずずっとすすってから尋ねる。

「よく……判らないんですけど」

　そう尋ねると、だからな、と、苦労人先輩がため息をつきつつ解説してくれた。さらにメイベル市長が補足を入れてくれる……。

　つまり――。

　ボースマーケットを狙う盗賊団はひと月前からマーケットにたびたび潜入しにきていた、らしい。下見というわけだ。そのことに気付いたメイベル市長は、不審な客たちを逆に密かに観察していた。

　ただ、あからさまに見つめては気づかれてしまうわけで。

「店を視察に来てる市長が、特定の客ばかり見つめていたらばれちまうだろ？」

「でも、そろそろ彼らが計画――つまり、強盗を実行しようとしていることは、何となく感じ取れていたんです。だから、少しでも彼らについての情報が欲しくて……」

「俺たちの尾行を利用したわけか」

「はい。おふたりのように、あれだけ目立って騒々しく後をつけてきてくださいますと、わたしとしても振り返ったり、キョロキョロしたりしても不自然ではなくなるわけなんです……あ、ごめんなさい」

尾行下手と言われた先輩が、ぶすっと今までで一番のふくれっつらになった。

しかし――ってことは……。

メイベル市長の言葉を信じるならば、ドロシーたちの尾行は市長に気づかれていただけでなく、あのマーケットにいた人たちの多くに気づかれてたってことに……。

カメラ越しの人物の視線がどこを向いているかは気にしても、ドロシーは自分が見られているかどうかなんて気にしたことがなかったのだ。

なんだか、ものすごく恥ずかしい、ような。

「うひゃあ！」

「いきなりわめくな！」

「あいたたたた！」

また、はたかれた。

これはひょっとして職場内暴力なんではないでしょうか。ううう。

「それで、カメラマンの方が同行していることは、こちらのリラからも報告を受けておりましたので――」

　突然叫び声をあげたわたしにも動じずに市長さんは言った。

「様子の不審な人たちをなるべく、ドロシー様とわたしとの間に置くようにしていたのです。ドロシー様には余計な人を写したくない思惑はあったと思いますけれど……」

　あ、とドロシーはそう言われてようやく気付いた。

　そういうことか。ドロシーとしてはメイベル市長だけを写した写真がベストだったけれど、市長の思惑はそうではなかった。余計な周りの人物まで写して欲しかったわけだ。

　ドロシーとしても何も写さずに帰るわけにはいかなかったから、ベストは無理でもベターであればシャッターを押してきたけれど、それはまんまと市長の思惑に嵌ったということか。ぜんぜん気づかずに乗せられてしまった。

　隠し撮り、というあまり経験のない状況でなければ、ひょっとして気づいていたかもしれない……。

　そうか……そういうことだったのか……。

「うまくいけば、不審な人たちが写真の片隅にでも写ればよいな、と。まあ、かすかな期待以上のものではなかったのですけれど……」

　メイベル市長が言った。

　それは当然だろう。写真というのはピントを合わせるのが大変なわけで、つまり、市長を写そうとしているかぎり、たまたま写りこんだ周囲の人間がはっきり映るはずがない。ボケた絵にしかならないはずなのだ。

ところが予想以上の成果があった。

そう言ってメイベル市長が示した写真は、ドロシーが市長の背後に胡乱な人物を見つけたときの写真だった。なぜか店のバッグヤードのほうばかり覗いているように見えた男。

ドロシーが思わず可愛くない、とつぶやいた、あの男。

ピントがしっかり合っていた。

ひげ面の顔がはっきりと映っている。

「この人物は、王国の指名手配書に載っている男です。ヴォルグ、と名乗っているこの男こそ、盗賊団《風の狼》の首領なのです」

「風の、狼……。神出鬼没で、今まで一度だって押し入って捕まったことがないって噂の、あの……魔法《アーツ》を使いこなすと噂の盗賊団か……」

ナイアル先輩の声が掠れた。

ひとつ大きく息を吐いてからメイベル市長が立ち上がった。

「あなたたちを利用させていただいたことは謝ります。ごめんなさい。でも、おかげでギリギリ間に合ったようです」

深々と頭を下げる。

ナイアル先輩が市長の言葉の端に引っかかった。

「ぎりぎり？」

「はい」

そのときドロシーは不意に思い出した。

先ほどメイベル市長は言ったのだ。

あまり時間はない、と。あれは――あの言葉の意味は……。

「彼らの計画の実行はおそらく今夜」

メイベルの凛とした声に、心臓が思わずどきんと跳ねる。

こん……や……。

「何故わかる？」

「《風の狼》について唯一知られている事があります。彼らの犯行はすべて月のない夜に行われているということです」

「月のない夜……」

ナイアルの押し殺した声。

あ、とドロシーも口を丸く開ける。

そうだった。今日は夜に入ると、すぐに街燈に灯が点っていたっけ。あれは何故かっていうと、今夜が月のない日だったからだ。

星明かりだけの暗い夜。

「ボースマーケットが襲われるのは今夜です」

商業都市の敏腕市長が確信を込めて言い切った。

10

西ボース街道へと続く街の門から、歩数にすれば二百歩ほど。一セルジュはたっぷりと離れた森の中から街の様子を窺う男たちがいた。

闇の中に、六人。

いずれも人相の悪い髭面の男ばかりだ。

着ているものは皮の鎧。腰には短剣。

その中のひとり、もっとも目つきの鋭い男。

ヴォルグ、と仲間内では名乗っている。

にぃと唇を歪めて笑みを浮かべてから口を開いた。

「野郎ども、いいか？」

残りの五人は黙って聞いている。

「ボースは宝の街だ」

こくっと、一斉に五人が頷く。

「あそこにゃあ、古今東西の逸品が――」

「？」

五人が首を傾げた。

「あー。……大陸あちこちの古い宝から新しい宝までが――」

「おお！」

「――揃っている。しかも、ひとつの建物の中にだ」

「おおおお！」

「《風の狼》としてもだ。この『おしごと』に成功すりゃあ名も上がるってもんだ。近頃じゃあ、空賊なんてぇのも出てきているようだが……。なあに俺たちの敵じゃねえ！　野郎ども、しくじるんじゃねえぞ！」

ひときわ大きな歓声があがった。

そうして男たちは動き始めた。

外灯が立つ街道を避け、灯りの届かない陰から陰へ。

男たちの行動はあらかじめ全て打ち合わせてあったようで、互いにひとことの言葉も発しない。やりとりは指を使った信号と交わしあう視線だけ。

門を避け、警備の目の届かない壁を乗り越えると、夜の闇にまぎれてボース市の中へと忍び込んだ。

彼らの潜入に気づいたのは空の星たちだけだった。

## 11

ボースマーケット内。

日用雑貨の並ぶ金物屋の屋台の陰にナイアルは腰を屈めて潜んでいる。

そろそろ真夜中だ。

中の照明は落ちていて、あたりは闇が支配していた。

天窓から差し込む星明かりだけが頼りの暗がりで、ナイアルは己の心臓の鳴る音を聞いていた。

——本当に、今夜なのか?

マーケットへの襲撃を市長は月のない今夜だと予想していたが、果たして——?

そっと目だけを出してあたりを伺う。

あちこちにメイベル市長を筆頭に自警団の連中も隠れているはずなのだが、ナイアルには感じ取れない。

段々不安になってくる。

ひょっとして、市長にまた一杯食わされたんじゃなかろうな？ そんな想いまで沸き上がってくる。

利用されたことを許す代わりに、ナイアルは、市長の計画した大捕り物の取材を申し込んだ。ぶっちゃけて言えば、盗賊団の襲撃とその逮捕の場面に立ち会わせろとねじ込んだわけだ。

危険だからと断ろうとした市長だが、そこはナイアルも粘った。ここで引いては事件記者は名乗れない。事件を取材できない事件記者なんて魔獣を退治しない遊撃士と同じだ。存在価値がなくなっちまう。少なくとも、ナイアルはそう思っていた。

店内に籠もっていた昼の熱気が徐々に冷めてきた。もうすぐ真夜中なのだから当たり前かもしれない。酒も抜けてしまったようで、少し肌寒く感じる。こうなると、呑んでばかりで、ちゃんと食べてこなかったのが悔やまれる。

「腹減ったな……」

聞こえるか聞こえないかのかすかな声でつぶやいたつもりだったが、返事があった。

「ほーふぇふか？」

くぐもった声だ。

ナイアルは屋台の裏で振り返った。

彼の背後にいるひとりの少女が腰をぺたんと床につけて口をもぐもぐさせていた。

「なに、食ってやがる！」

言わずと知れたドロシーだった。

「はふでふ」

「ああん？」

これです、と言いたかったらしい。

ドロシーが手に持ったそれを見せてくる。窓からの星明かりだけではよく見えないが、スポンジ状の食べ物だ。

ごっくんと呑みこんでから、

「張り込みにはパンですよぅ」

と言いやがった。

「パンじゃねえだろ……おい」

「だから、パンが無ければお菓子にすればいいのです。似たようなものですし……って、リラさんが言ってました。あ、これはリラさんからの差し入れで――」

「聞いてねえよ」

――大声でつっこみてぇ！

待ち伏せ中でなければ遠慮なくわめいていたところ。

いつの間にかドロシーは、ふわふわタマゴのカステラこと『スイートカステラ』をリスのように口の中に詰め込んでいた。呑み込みきれない分で頬が膨れている。リスの餌袋か、おまいの類は！　と左右から引っ張ってやりたくなった。

天才は判らねえ。

さっきまで少々落ち込んでいたと思っていたのだが、今は平気な顔をしていやがる。

景色の表情が見えない、とか悩んでいたようだが。

まあ、あれだな――。

「ムカデの二人三脚ってやつか……」

ぽつり、漏らした言葉をドロシーが聞き咎めてきた。

「なんですか、それ？」

「ムカデっているだろ？　脚が百本あるっていう」

ドロシーが顔をしかめた。虫が苦手なんだろうか。

「そ、それが？」

「昔話だよ。ムカデが人間と二人三脚をすることになった。人間に『足を出してくれ』って言われて、どの脚を差し出すべきか悩むんだ」

「……百本ありますもんねぇ」

「で、転ぶ」

「ああ――それはまあ。え……それがどうかしたんですか、先輩」

「いや、なんでもない」

百本の脚を自在に操るムカデが、たった一本の足を出してくれと言われただけで混乱する。

普段あたりまえにやっていることだからこそ、わずかなきっかけで壊れる。

天才ゆえの、ちょっとしたスランプってやつだったのかもしれねえな。

ナイアルは改めてドロシーを見た。

彼女の首からは細い紐が提げられていて、その先にはオーバルカメラが繋がっている。

愛用のカメラを返してもらったからか、それとも自分のカメラ技術のせいでベスト写真が撮れなかったわけではないと知らされたからか。

すっかり元のドロシーに見える。

危ないからホテルで待っていろ、とのナイアルの言葉も、『カメラがあるのにカメラマンがいないなんてあり得ません』などと言って引かなかった。

「はい、センパイ！」

「……なんだ」

「おすそ分けです。まだ、ひとかけら残ってます～」

手のひらの上のカステラの欠片。

ほんとにひとかけらだった。

「い、いらねえっての！」

「またまたぁ。先輩、お腹鳴ってましたよ？」

「鳴ってねえ！」

思わず声を荒げてしまい、しぃ、っとたしなめる声が耳を打った。

視線を上げると、メイベル市長が腰に手を当てて睨んでいた。

「お静かに願いますね？」

「お、おう」

わりぃ、とナイアルは口ごもる。

――やべぇ。俺としたことが。

これでもし張り込みが失敗したりしたら、取材拒否どころの問題じゃねえぞ。

「あはは。怒られてしまいました。失敗失敗。反省ですねー」

「笑いごとじゃねえ……てか、ほんとに反省してるのか……？」

なんつー、能天気娘だ、こいつは。

判っていたが、改めてナイアルはドロシーを見て思った。大物だ、こいつは。

ため息をついた、そのときだ。

西の出入り口のほうからかすかな音が聞こえた。

## 12

六つの影がマーケットに辿りついた。

《風の狼》の一団だ。

盗賊団は、ボースマーケットに西側から近寄り、閉ざされた入り口の扉へと辿りついた。

それは導力で開く分厚い扉だったが、男たちのひとりが腰のポーチから取り出した携帯型のオーバルトーチで扉の一部を丸く焼ききった。鍵の部分を壊され、重い扉はきしむような音を立ててこじ開けられる。

頭領のヴォルグが全員の顔を見回してから親指を立てる。

手下たちが頷いた。

親指を下へと打ち下ろすと、それが合図だったようだ。

彼らは全員が遊撃士が持つような導力器を腰の革帯に備え付けていた。その戦術オーブメントにセットされた結晶回路を指でなぞりあげたのだ。

導力器は個人ごとに調律されるし、クオーツの構成も個人ごとに異なる。従って駆動できるアーツもそれぞれ異なるはずだった。けれども、彼らは互いの使える導力魔法をよく把握していて、唱えられない魔法は互いに融通してかけあう手筈になっていた。

クロックアップ改。

そう名付けられている導力魔法が最初に発動した。

盗賊たちの頭上に次々と光の円陣――魔法陣が現れ、円に重なるように時を刻む幻影の針が現れた。巨大な針が頭上でぐるぐると回り始める。

白い羽が飛び散り、翼の鳴る音が響いた。

鮮やかなアーツの光が闇を散らして男たちに降り注ぐ。

時、の属性を持つクオーツによって導かれる魔法の力が現実を捻じ曲げた。

盗賊たちの手足の、身体の動きが風のように素早くなり、目で追うのが困難なほどになった。時の流れが加速したのだ。

六人は疾風のようにボースマーケットへと躍り込む。

ヴォルグの率いる盗賊団がそう呼ばれる所以がここにあった。

《風の狼》。

初めに彼らに気づいたのは、潜んでいた自警団の人間ではなく、丁度出入り口近くを定時巡回で訪れた衛視だった。

アーツの光を封じ込めた角灯――オーバルランタンを手にして見回りをしていた衛視が、空気の流れを感じた。暗闇の中、気配を頼りに角灯を振る。

ぼうっと人影が浮かび上がった。

「ど、どろぼ――」

声をあげようとする衛視に向かって、盗賊のひとりが腰の結晶回路を素早くなぞりあげ、指先を突きつける。意志の力と身体の動きを通して、導力の向かう先を固定させたのだ。

アーツが発動し、衛視の男へと降りかかる。

闇を切り裂いて白い光の束が男の足下から頭上へと向けて迸った。顎先から照らされた逆光の中で彼の表情が恐怖に凍りつく。

「ひっ――う、うわ――」

アーツに包まれた衛視の身体が白い光の中でゆらゆらと揺れて見えるのは、時間の揺らぎが発生したためだ。細かく乱された時の流れに身体が巻き込まれ、吐き気と目眩が耐え難いほどにまで増加してゆく。

白く濁った空気の中、ちかちかと明滅するような幻が目の前に浮かびあがり、意識が遠く遠くかすれてゆく。

「う、うぁ――」

衛視の悲鳴が中途で切れた。

時の流れを乱していた白い光が消えるとともに、どさり、と身体が床に崩れ落ちる。

白き滅びの地《ホワイトゲヘナ》へと誘《いざな》われた衛視の意識は、これで半時は戻ってこないだろう。

闇の中で、盗賊たちが声もなく笑った。

そうして彼らはマーケット中央の噴水広場まで辿りつく。

ヴォルグが、中に押し入ってから初めて言葉を発した。

「いいか、野郎ども！」

その声がやや甲高く響く。加速した時の流れの中にいるからだ。だが、全員が同じように加速しているので、仲間たちの間ではいつも通りに聞こえるのだった。

「食い物とか、たいして儲からねえ物は放っておけ。ここは、なんでもありすぎるほどあるからな。なるべく金目のものだ。洗いざらい頂くぞ！」

おおう、と応えが返る。

と、同時だった。

天井の明かりが一斉に点り、凛とした声が響いた。

「そこまでです！」

明かりの下に立つのは、ボースの若き市長メイベル。

彼女の背後には自警団の一隊が控えている。それだけではない。噴水を取り巻くようにして、陰から鎧を着込んだ男たちが姿を現した。

「お、お頭、後ろにも！」

「待ち伏せてやがったか……」

眼光を光らせるヴォルグのまなざしを真っ向から受け止めて市長が宣言した。

「《風の狼》ですね？　抵抗を止めて、おとなしく捕まりなさい！」

「へっ……。聞けねえな。野郎ども、判ってるな！」

頭領の言葉を合図に、盗賊たちはいっせいに剣を構え、空いた手で導力器の結晶回路をなぞりあげた。

マーケットを舞台にした戦いが始まった。

## 13

戦いの始まるほんの少し前まで。

実のところ、ナイアルが思ったほどにはドロシーは立ち直ってはいなかった。

戻ってきた愛用のオーバルカメラ・ポチ君を手にしても、心の中に立ち込めた霧は決して綺麗に晴れたわけではない。むしろ今まで通り写真が撮れるかな、とちょっと怖くなっていた。

ただ、そんなことを言っていても好転するわけではないとも思う。

ならば——今できることをやるだけだ。つまり、カメラを構えて準備すること。

——わたしにできるのはこれだけですしねー。

それに、とドロシーは思う。カメラマンとして、この機会は美味しすぎる。

とりわけメイベル市長の姿は絵になる。マーケットに明かりが点ると同時に、《風の狼》たちの前に堂々と姿を見せた。外見はたおやかな少女なのに、盗賊たちを前にして一歩も引きはしなかった。

なんて恰好いいんだろう。彼女の姿を見て、素直にドロシーはそう感じる。いや、自分でなくとも誰でも同じように感じるはずだ。

指が、勝手に動いていた。

カメラをいつの間にか目の前に掲げ、無意識のうちにシャッターを切っていた。

凛とした空気を纏って立つ女市長の勇ましい姿が、オーバルカメラの記憶子である感光クオーツへと次々と記録されていく。

「抵抗を止めて、おとなしく捕まりなさい！」

市長のその宣告を、盗賊たちは無視した。そうして盗賊たちと自警団は、互いに武器を抜きあい、導力魔法を使うべく空いている指を動かし——。

——っと、そうか。市長ばかり撮ってちゃだめだ！

この大捕り物の全体も記録しないと。

ドロシーは慌てなかった。手先だけでカメラを動かしても、被写体をうまく追うことはできない。自分とカメラがひとつの生き物になっているかのように、シャッターチャンスを求めてドロシーとカメラはフロアを動いた。

メイベル市長が相対している相手——。

レンズを振り向けた先の六人の男たちは、魔法を使う盗賊団である。それを市長は知っている。

ボースマーケットを狙った彼らの正体が《風の狼》であることを事前に突き止めていたからだ。それにはドロシーの撮った写真も一役買ったわけだけど。

それはともかく——。

メイベル市長は待ち伏せ要員の中に導力器を扱える者を待機させていた。

そして、盗賊団が抵抗すると見てとると、即座に「アンチセプトオールを！」と命令を下した。

アンチセプトオールは封魔——魔法を封じる効果を持つアーツだ。真っ先に相手の魔法を封じようとしたわけだ。迷いなく素早く。

命じられた男が、胸元にペンダントのように提げていた導力器に指先を触れる。

スロット、と呼ばれる穴に埋め込まれたクオーツを、固有の連結構造に従って指で紋様を描くかのようになぞってゆく。

意志を込めて導力器を駆動させれば、彼の指先には出口を求めて神秘の力——導力が集まってくる。

ドロシーもオーバルカメラを駆動させるときに同じ経験をしているから判る。

ああすると、じん、と指先が火傷をしたかのようにかすかなしびれを感じるのだ。

導力を導き終わった男が魔法を飛ばすために叫ぶ。

「やっ！」

声とともに六人の男たちに向かってぴりぴりする指を突き出した！

次の瞬間。

盗賊団の男たちの頭上にひっくり返った巨大な赤い渦巻が忽然と出現した。

マーケットの天井から吊り下がったシャンデリアや展示用のオブジェと重なるようにその竜巻はぐるぐると渦を巻き、ゆらゆらと揺らしてみせる。

けれど――ドロシーは知っている。

あの赤い渦は実際には吊り下がった物のひとつたりとも揺らしてはいない。あれは実体のない導力の渦だ。漏れだしたわずかな力が空気と反応して光り出して可視化されているだけ。逆立ちした赤い竜巻が渦を太らせながら頭上から落ちてきて、六人の男たちを傘で覆うように呑み込んでゆく。

うああ、と盗賊たちの声があがり――。

ふっ、と。

ほどけるように渦が消えた。ふらり。荒くれ者の何人かがよろける。お頭と周りから呼ばれていたひときわ大柄な男が、

「くそっ、これでも――」

喰らえ、と叫ぼうとした。だが、腰の導力器をなぞりあげて突き出した指先からは、如何な

る力も出てきはしなかった。

封魔――魔法を使えない状態にされているからだ。

時を司るクオーツが導くアンチセプトの魔法は、導力を駆動させるために必要な身体の中の属性バランスを壊し、そのバランスが自然に戻るまでアーツを使えなくする。

魔法盗賊団から魔法が奪われた、わけだ。

ドロシーのカメラフレームの中で、盗賊団の頭領の顔が悔しそうに歪む。唇を噛み、目をぎらつかせ、それでも彼は諦めない。右手に持った短剣を前に出し、二、三度振って、近づこうとする自警団の男たちを威嚇した。

《風の狼》の六人は、互いに死角を作らないようにしながら、塊となって自警団の輪を突破しようと計った。

彼らは焦っていた。

ファインダー越しにも見て取れた。

そうして、やたらと短剣を振り回しながら……六人のうちのひとりがこちらに向かって走ってくる。

大粒の汗を額に浮かせた男の顔がフレームいっぱいまで広が――え？　あ！

――やばっ。

――こっちに来ますよぅ！

当然だった。ドロシーの目の前には警備員がいない。だからこそ遮る物なくカメラで彼らを狙うことができたのだ。いつの間にか無意識にこの位置まで動いていた。盗賊たちからしてみれば、手薄なところに見えるわけで。そこを狙って突破を計るのは当たり前で……。

先頭を切って囲みを抜けようとした男が、カメラから手を離したドロシーと視線を合わせた。大きく目を見開く。

「あっ！　てめぇはマーケットで市長の後をだらだら追っかけてたカメラ野郎！」

「や、野郎じゃないですよっ。女です、女！　いちおう！」

思わず反論してしまい。しかも、一応ってなんですかー、と自分で自分に突っ込みたくなり――そんなことをしてる場合じゃないと気づく。

……でも、そこまで目立ってたのかやっぱり。まさか盗賊団の人たちまで、自分たちに気づいてるとは思わなかったですよ！　尾行になんて、なってなかったんですね！

――って、だから、こっちに来ないでくださぁぁぁい！

「おまえのせいかあああ！」

いえ、それは逆恨みですぅ～～～～～～～～～～！

叫ぶ間もなくあっという間に距離を詰められる。短剣をドロシーに向かって突きだしながら、どんどん近づいてきた！　そのときになって、男の声がやや甲高くなっていることにようやく気付いた。

クロックアップの魔法だ！

アンチセプトはこれからかける魔法を封じるだけで、すでに効果を発揮している魔法は防げない。甲高い声はクロックアップの魔法のせい。しまった。

これは逃げられない。

殺される！

そう思ってから、そのあとの鼓動ひとつかふたつほどの間。魔法も使ってないのに、ドロシーには時間の流れがやけにゆっくり感じられた。口の中がからから。声も出せない。心臓の音がうるさいくらいに聞き取れた。手足が動かせない。まるで凍りついてしまったみたい。

だ・れ・か――。

「てめぇえ――ぐ！」

男がどさりと崩れ落ちた。

長い木の棒――物干し竿だ――雑貨店の店先にあったやつ、を振り下ろしたままの恰好で荒い息をつきながら、見知った男が立っている。

「だ、だいじょうぶかよ」

「せんぱい……」

ナイアルだった。

「すごいですよー、ナイアル先輩！　まるでエステルさんみたいです！」

「ばかやろう。本物の棒術使いに怒られ……っぞ。はあぁぁ。ったくもう」

　助かった。

　安堵したのも束の間だった。ナイアル先輩の背後から、別の盗賊が襲い掛かろうとしている。先輩は気づいていない。

　ドロシーの指がオーバルカメラのコンソールをなぞりあげ、無意識のうちに夜間撮影用の閃光を焚いていた。悲鳴をあげ、襲い掛かってきた盗賊が目を押さえてのけぞる。

　そこに自警団員たちが次々とのしかかって取り押さえた。

「あっぶねぇ……。ありがとうよ」

「わぁ」

　思わず声が出た。

「なんだそりゃ」

「ナイアル先輩からお礼を言われたのって初めて――」

「なわけねえだろ！　俺、そんなに恩知らずかよ！」

「――の気がちょっとだけしましたが、そういえば、前にもあった気がしますねー。たぶん、一年くらい前ですけど」

「あのなあ」

「冗談です、はい」

その頃には頭領のヴォルグを含め、《風の狼》六人全てが捕えられていた。

## 14

「やれやれ……」

肩で息をしながらナイアルはドロシーを見た。

相棒のカメラ・ポチ君を抱えて満面の笑みだった。きっと満足できる写真が撮れたのだろう。

これでようやく本当に天才カメラマン復活だろうか。だと良いのだが。

「ナイアルさん」

声に振り返ると、メイベル市長だった。

「どうですか。良い記事は書けそうですか?」

美人市長に微笑まれる。

「あ、ああ。おかげさまでな」

「それは良かったです。あの、それで、ひとつお願いがあるのですが……」

市長の表情が微笑みから一転してごめんなさいの顔になる。

警報が体内で鳴った。

やっべぇぞ。あまりに簡単に同行取材の許可が下りたと思ったが……。確かにナイアルは粘り腰で交渉したけれど、それにしても敏腕市長にしては楽すぎたと思っていた。

「南街区の空賊騒ぎなのですが……」

「ああ、そっちはまだ解決してねえんだっけか」

「それが収まるまで、この事件を記事にするのは待って欲しいのです……」

「なっ……」

——なんだよそれ！

ナイアルは焦る。それは困る。こういう記事というのは速報性が命なのだ。街道を行き来する有名な盗賊団が逮捕された、なんてことはいつまでも隠せるものではない。

「な、なんでだよ!?」

「記事から、こちらの警備体制を予想されては困るのです。もう少しの間でよいですから新聞に掲載するのは待ってください」

「そんなこと言ってたら、ニュースにならねえよ！」

言い返しつつも旗色は悪い。市民のためと言われては断りにくい。

「せっかく熱心に撮っていただいたのに、申し訳ありません」

メイベル市長がドロシーに向かってもきちんと頭を下げた。

「あ……そうですね。いえいえ。なるほど」

「おい」

なるほどじゃねえよ。思わず突っ込む。ちったあ写真が使えなくなって残念がりやがれっての！

「でも、市長さんも少しの間だけって言ってますし」

「俺の記者魂が憤ってるんだよ！」

「先輩が勝てないことは判ってましたし」

「おいこら」

――市長に笑われてるじゃねえか。

まったく、とナイアルは思う。ニマニマとさっきからしまりのねえ顔をしやがって。眼鏡の奥のほんにゃりとした瞳を見つめながらナイアルはため息をついた。

――って、おい。何をしてやがる。

「はい。ピース！　笑って笑って――そうそう、いい顔ですよぅ。とっても美人さんですー」

「『はい、チーズ』じゃねえのかよ！　てか、なんで俺と市長なんて撮ってるんだよ！　あと、男に美人もくそもあるか。いらねーっ」

「チーズ、だとお腹が空いちゃうんですよぅ」

「どんだけ食いしんぼなんだ、おまえは」

「いやー、ほら撮ってるときって、何も食べられないじゃないですか。だから、油断すると、ついお腹が減っててすねえ」

「聞いてねえよ……。てか、普通にしとけ、普通に！」

メイベル市長が、ではお願いしますねと言って去っていった。その後ろに影のようにメイドのリラが付いていく。疲労感がたっぷりと押し寄せてきた。

まあ——とりあえず事件のほうは解決したっぽい。

ナイアルの懐事情だけが未解決のままだった。

## エピローグ

ふかふかの絨毯は足の裏で踏みつけるたびに、頼りない感触を返してくる。靴の半分ほどまで沈み込むものだから落ち着かないったら。

ドロシーはボース市最大のレストランの中を歩きつつ、ひたすら目に入るものを値踏みしていた。

あの額に入った絵は、いったいリラをいくら積めば手に入るんだろう。確か昨年の王都で開かれた展覧会で話題になった作品だと思うのだけど……。こうしてみると市長の屋敷は決して華美ではなかったのだなぁとわかる。

視線を巡らせると、フロアの片隅のテーブルに座る先輩の姿が目に入った。

近づいて、向かいの席に腰を下ろす。

「せ、先輩。ミラはだいじょうぶなんですか。ココ、高そうですよぅ」

　にっと先輩記者が笑みを浮かべた。

「穴埋めに書いたやつで経費が出た」

　と言った。

　詳しく聞いてみると、《風の狼》に関する記事は載せられなかったものの、穴埋めにと出した『メイベル市長の華麗な一日』が採用され、取材費が出たという。

「おまえの写真は使えなかったが……悪かったな。苦労だけかけちまって」

「いえいえー」

「詫びといっちゃなんだが、好きなもん頼んでいいぞ――って、なんだよ、意外極まりないって顔をしやがって！」

「いえいえ、この顔は地顔ですし」

「嘘つけ」

「決してナイアル先輩にしては珍しいこともあるなんて、かけらも考えてないですよ」

「そんなこと考えてやがったか」

「えへへへ……ちょっとだけですよぅ」

「食ったら、次の街に行くからなっ」

「はーい」

ドロシーは笑顔で応えた。

好きなものを頼んでいい――なんて魅惑的な言葉だろう。

嬉しくてにやけてしまう。

「次は――」

「はい？」

ナイアル先輩が顔を背け、明後日のほうを見つめつつ口を開く。

「スクープ写真を載っけるぞ」

ぼそっと、そんなことを言った。

ドロシーだって気づいた。ドロシーがちょっとしたスランプから抜け出せたのかどうか、先輩は気にかけてくれているのだ。

ちらりと、椅子の背にかけた自分の鞄を見やる。その中には、感光クオーツから焼きつけたばかりの、マーケットの大捕り物の写真が入っている。

夢中になって撮った写真の数々は自分でも納得のできるものだった。

いつの間にか――いつも通りに撮れていた。

きっと、あれこれ考える余裕がなかったのも良かったのだ。

「だから……撮れねえとかゆーなよ！」

言い放ってから、もう顔を上げずに並べられた食事を食べ始めた。

「はい！」

元気よく、そう答えることができた。

鞄の中の写真たち。とりわけ最後に撮った一枚はお気に入り。会心の出来栄えだ。

ナイアル先輩と、ボース市長メイベルのツーショット。

滅多に見せない照れたような顔のナイアルと、柔らかく微笑むメイベル。

ふたりの内面まで写せているように思う。

でも、その一枚はこの先輩には見せられない。自分が名士と写りこんでいる写真など、ナイアル・バーンズという男はきっと有難いなんて思わない。

仕方ない。個人用で保管しておくしかない。もったいないけど。

運ばれてきた平目のムニエルを口に運びながらドロシーは少し残念に思った。

それでも、とドロシー・ハイアットは思う。

自分にとっては、会心の写真が撮れたというそのこと自体が、他の何よりも誇らしくあり嬉しいのだった。

# 第2話

# うたかたの夢を見ないで

1

船の甲板の縁ぎりぎりにひとりの娘が立っている。

強い風にブラウンの髪が躍っていた。黄色のリボンは今にも千切れてしまいそう。

背中から押しつけてくる風に髪が乱れて口許を隠した。

「うっ……ぷ！　ぺぺぺぺ！　あうう。口の中に髪が入っ、んぺぺっ。自分の髪なんて、食べても美味しくないですよぅ。いえ、決して他人の髪なら美味しいというわけではないのですがっ！」

と、彼女はひとりでボケてひとりで突っ込む。おっとりした性格をそのまま現したかのような、鼻の上にちょこんと乗った丸眼鏡がトレードマーク。リベール通信社のまだまだ新米カメラマン、ドロシー・ハイアットだった。

ドロシーは吹きつける風に身体を揺らしながら、船縁に掴まって、ぐっと身体を乗り出した。

眼下を覗き込む。

見えるのは海——ではない。

遥か下には茶色の大地を割って流れる青い川。

ドロシーが立っているのは空を飛ぶ船の甲板だった。

定期便が再開し、リベール王国の上空には飛行船が飛ぶようになっている。

目をこらす。

船の影が落ちる大地から視線を動かし、下流に向かって徐々に広がってゆく川の流れを追う。

「あっ！」

見えた。

海に向かって扇のように広がってゆく河口と、その中州の上に作られた白い街並み。

「あれが……ルーアンですか！」

そう叫んだときにはもうドロシーはカメラを構えてシャッターを切っていた。

吹きつける風にドロシーの髪がふたたび躍る。躍る。

だが、くしゃくしゃになってしまった髪を気にすることもなく、彼女はファインダーから目を離さない。

「きれいな子ですよぅ。コントラストが素敵ですー」

口許からは言葉が絶えない。

子、と言っているが、その言葉が指しているのは青い海に浮かぶかのように造られた白い街のことだ。

海港都市ルーアン。

別名、水の上の都。

小刻みに機械音が鳴り響き、ファインダー越しの光景を感光クオーツへと次々に焼きつけていった。

「街並みの白は、あれは煉瓦ですね！　海の青との対比が素晴らしいですねっ。そりゃもう美人さんです！　グッドです！　ビューティホーです！」

夢中になっているドロシーに背後から近づく影があった。

「お嬢さん、そろそろ船内にお戻りくださいい。着陸に入りますから」

「ふぁ？」

声を掛けられてようやく集中が切れたドロシーが、それでもまだ夢見るような表情で振り返った。

「あの……。ご職業に熱心なところ恐れ入りますが。到着の瞬間は揺れますし、船内にいたほうが安全ですので」

振り返ったドロシーの前に、空飛ぶ船の船員が白い帽子を取って笑いかけてきた。

「あ……。ああ！　りょ、了解です！　ばっちりわかりました、はい」

そういえば到着を知らせるアナウンスが聞こえたような。

——こんなことがナイアル先輩に知られたら、また呆れられてしまいますねー。

ドロシーは名残り惜しそうに振り返りつつ、船員の案内に従って船の中に戻った。

それから半刻後。

船はルーアンへと到着し、ドロシー・ハイアットは本社からの手紙を携え、同僚であるナイアルの滞在するホテルを目指していた。

## ２

空港から出て西へ、ドロシーはまっすぐに白い石畳の通りを歩く。

海から吹く風に混じった潮の香りが鼻をくすぐっている
初めて訪れる街。目に映る景色は全てが新鮮。残らずカメラに収めたいところだ。

――でも今はお仕事が先です。

ナイアル先輩は、この通りを行った先の《ブランシュ》という名のホテルに泊まっているらしい。急げ急げ。

――っとと、いけない。

前の街では、こうやって急ぎすぎてドロシーはあやうくコケそうになったのだ。

早々何度も同じ失敗はしでかさない。たとえこの白亜の街並みが王国一の優美さを誇っているんじゃないかって思えて、目を奪われてしまお――おや、あれは何でしょう？

左手に大きな糸巻が見えた。

「ぶっとい鉄の糸を巻きつけてありますね……はて？」

一般的にはそれを『鎖』と呼ぶ。家一軒ほどもある円筒に、大人の腕ほどもありそうな鉄の鎖がぐるぐると巻きつけてあるのだ。そんな大きな筒が三階ほどの高さのところに横倒しになって見えている。

近づいてみれば、馬車がすれ違えそうなほどの大きな橋のつけ根だった。左右に太い石の塔が立っていて、その塔に両端を支えられる形で倒した円筒が据えつけられている。ぱっと見、まるで橋の袂に作られた門のようだ。

ああ、とドロシーはようやくその仕掛けの正体に思い至った。

――ひょっとしてこれは吊り橋の巻き上げ機なのでは？

その証拠に、橋の中央あたりには切れ目が見えるし、川を渡った向こう側にも同じような横倒しの円筒が見えている。

「ふあ〜〜〜〜〜。すっごい大きさですよぅ！」

ドロシーは橋の大きさに素直に感動してしまった。

橋は幅広なだけでなく、歩けば百アージュ、つまり二百歩ほどもありそうな長さも持っている。

しかも、これは『跳ね橋』だ。大きな筒を回して鉄の鎖を絡め取り、橋を中央で割って手前と向こうに引き上げるのだ。この大きな橋の半分を持ち上げることができるなんて、巻き上げ装置はきっと《導力機関》を使っているに違いない。

これはすごい！　必見ものの大仕掛けだ！

――よし、先輩には待っていてもらいましょう。

胸元に提げた紐を手繰り、オーバルカメラを手にしようとしたときだ。

背後からどん、と押されてドロシーはたたらを踏んだ。

「あ、あ、あ！」

手の中でお手玉するカメラを落とすまいと必死になる。そこにさらに、どん、どんと二度押されて、ドロシーは堪らず膝をついた。石畳に打ちつけて思わず悲鳴があがる。

じん、と膝頭に痛みが走った。涙目になる。なんとかカメラは落とさなかった。

「痛いですよぉ！」

誰かにぶつかられたのだ。それはわかっていた。顔を上げて、自分を追い越した輩を見る。

五歩ほど先で男が三人、振り返っていた。

どうやら橋を渡って南のほうへと行こうとしていたようだ。

「んだよ？」

「ああん！」

「誰だおまえ？」

振り返った顔は思ったよりも若かった。まだ大人とは言えない、というあたりの年頃の三人だ。それでもドロシーよりは年上だろうか。

「誰って……いいましてもですねー。通りすがりのカメラマンですけどぉ」

「はあ？」

「なんだ、観光客かよ」

「見物がしたいんだったら、俺たちが案内してやろうか？」

灰色の髪の男がそう言い、深い緑にも見える髪の男がすかさず突っ込んだ。

「ロッコ。おまえ、この前もその台詞言ったよな」

「言うんじゃねえよ、ディン！　思い出したくねえんだ！」

柄の悪いことこの上ない口調でそんなことを言う。

――これは……不良さんってやつですねー。

「それにこんな眼鏡のちんちくりんをナンパしてもしょーがねー！　さっさといつもの場所に行くぜ！」

さすがのドロシーもむっとくるところ。だが、それよりも大事な事実が発覚した。

「って、あれあれ？」

気づいて焦る。

「ポーチがない!?　どど、どこへ落としたのでしょう！」

ベルトに留め金で引っ掛けていたポーチがない。中に社で預かった封筒が入っているというのに。転んだときに落としたのだろうか。

三人組のことなど頭から飛んでしまって、あわてて屈んで探そうとした。

「これか？」

ひょいと自分の顔の前に見覚えのあるポーチが差し出される。

「あ、これこれ。これですよー」

ありがとうございます、と顔をあげたら、そこにいたはずの人物は、もう駆け出していた。

背中が先ほどの三人に向かってゆく。

「遅ぇぞ、カイヤ！」

「は、はい！　今行きますっ、センパイ！」

三人組よりもやや若い。カイヤと呼ばれた彼はまだ少年の面影を残していた。潮風にやかれた黒い髪と、袖のない服を着て、肩まで日焼けした男の子だった。

なんだか、三人組に比べると違和感がある。

センパイ……？

――不良さんの先輩・後輩ってことでしょうか？

大きな橋を渡って南へと駆けていく四人を見つめていたドロシーだったが、はっと気づいて、首から紐で提げていたカメラを構えた。

パチリ、と。

四人の背中を咄嗟に映しておいたのは職業意識のなせる業だったけれど、それが後々役立つことになろうとは。

ドロシー自身もこのときには思ってもいないことだった。


夕暮れを告げる鐘が鳴る。ドロシーはホテルを目指して歩きだした。

3

「んぁ？　なんてった？」

ナイアルが顔を上げると、目の端に映った少年――ヨシュアが肩をすくめる。

「いえ、お仕事中にお邪魔してすみません」

「あー。いいんだいいんだ。けど、ちょっと待ってくれ」

手早く机の上のメモ書きを片づけてから椅子ごと向き直る。

ホテル《ブランシュ》の一室。地下にある大部屋である。

ナイアルは休暇でここに滞在しているのだが、それでも仕事は付いてまわる。

――まあ、完全に休暇ってわけじゃねえしな。

「なんの記事を書いてたの？」

少年の背後に立っていた少女――エステルが言った。

「ああ、この前の空賊騒ぎのまとめだ」

「えっ。あのボースの飛行船乗っ取り事件の？　あれ、もうリベール通信で記事になってたでしょ？」

「あのなっ。ニュースってのはな、スクープを一回載せりゃ終わりってもんじゃねーの！」

「そんなもん？」

「そんなもん！」

むしろ、しっかりした記事なんてもんは、充分な取材と検証の末に書かれるものだから、第一報を載せてからが勝負だったりもするのだ。

「へー」

「なんだよ？」

「意外と真面目に記者してたんだ、って思って」

「あのなっ！」

「冗談、冗談！」

あははと笑う少女に、ナイアルは渋い顔をしてみせた。この準遊撃士に悪気がないことは判っているが、それでも多少は大人の威厳ってものを見せねえと。

苦虫を噛んでみせてから、ナイアルは先ほど片耳で聞いていたヨシュアの言葉を思い出す。

ええと、確かこいつら……。

「これからエア＝レッテンまで行くってのか？」

「ええ、そういう事になりそうです」

「公爵様のお迎えってやつ？」

エステルがヨシュアの言葉に付け足した――公爵？

「ああ、あの……なんだっけ？　でゅらん、とか、でろんとか」

「ぜんぜん違いますよ。というか、わざと間違えてますよね、ナイアルさん」

――ばれたか。

仮にも記者だ。いちど覚えた名前は忘れないからな。

「でも、そっちのほうがお似合いよね。でろん公爵。うん、ぴったり！」

「エステル……君もそういう……一応仮にもあれでもなんとか王族らしいんだよ？」

「おまえらふたりのほうが容赦ねえじゃねえか……」

呆れてしまう。怖いもの知らずのコンビだった。

その一応仮にも王族なデュナン公爵は、お忍びでルーアンの街に滞在していた。それが、ヨシュアたちの話によれば、エア・レッテンの関所を気に入ってしまい、籠ったまま帰ってこないらしい。

つき添いの執事が困って、公爵をどうにかしてルーアンの街に連れ戻してくれと泣きついてきた。問題ばかり起こすことで知られる公爵だが、今回も負けず劣らず我侭し放題ってことのようだ。

「そういうわけで、僕たちしばらくルーアンを離れますから」

「わざわざ伝えに来てくれたってわけか。いつ出るんだ？」

「今からよ」とエステル。

「急だな、おい！　もう、夜になるぞ」

「ほら、善は急げっていうし！」

「善か……？」

むしろあの公爵には構わないほうが世の中のためって気もするが。

それでも根は真面目な遊撃士コンビだ。別れの挨拶もそこそこに、ふたりはナイアルの部屋を辞した。

扉がばたんとしまり、地下の部屋に静けさが戻る。嵐が去っていった。

明かりが薄暗くなった印象を持った。

あの、はきはきよくしゃべる少女がいなくなるといつもは気にならない寂しさが際立ってしまう。弟だというヨシュアが彼女を大切にしているのも判るような気がするナイアルだ。

――って、柄でもねえな、俺としたことが。

まあ、静かなのはありがたい。取材のメモをもう少しまとめ――。

バン！

「センパーーーーイ！」

――るヒマはないらしい。

「先輩！先輩！先輩！先輩！　ナイアル先輩！　お久しぶりですぅ！」

「やかましい！」

扉をぶち開けて転がりこんできたヤツを怒鳴りつけた。

「おやおや？　何かご機嫌ななめですよぅ」

「うるさいんだよ、おまえは！　ホテルなんだから、ちったあ、静かにしろっ！　って、ドロシーじゃねえか……」

「あ、はい。ドロシーですよぅ。お久しぶりです、ナイアル先輩！　あの、あの、今そこでエステルちゃんとヨシュアくんとすれ違いましたよ！」

「ああ、さっきまでこの部屋にいたからな」

「はや？　あのぉ、いっしょに泊っていらしたんですか？」

「一晩だけな。部屋を追い出されたっていうんで、ここに泊めたんだよ。街をちょっと離れるって、律儀にわざわざ伝えに来てくれたってわけだ」

「なるほど」

「で、おまえは何でここにいるんだよ」

「先輩が次の街に行こうって言ったんじゃないですか」

「あれは建前だ」

あっさりそう言ったら、がっくりと肩を落とされた。まあ、出鼻はくじいておかないとな。

新米カメラマンだったドロシーのお守りはボースでの取材が終わった今、解消されたはずだった。やっとこのトンチキ娘としばし離れられたと思ったのだが……。

「いま、何かひどいことを考えませんでしたか、先輩？」

「まさか」

「そーですかぁ？」

上目使いでじとっとナイアルのほうを見上げてくる。

「だから、どうしてこんなところにいるんだよ？」

王都の本社に戻っていたはずなのに。

「あ、そーでした。ころっと忘れてました」

――あのな。

「実はですね……」

話しだそうとしたドロシーのお腹がくーっと音を立てて鳴った。

まるでその音に応えるように、ぐうとナイアルの腹も鳴る。

地下の部屋は窓がない。導力灯の明かりは昼間からずっと点いたままで、時間を示すものと言えば、先ほど聞こえたような時を告げる鐘の音だけ。

しかし、この腹具合からすると、そろそろ……。

「とりあえずメシにするか?」

「はい!」

こういうときだけは、どこかの少女に負けないくらいの笑みを浮かべるのだから、女ってやつは始末に負えないとナイアルは思う。

話は後回しにしてふたりして夕食を取ることになった。

4

ナイアルたちが食事処として選んだのは、ホテル《ブランシュ》の近くにあるカジノバー《ラヴァンタル》だ。

二階がカジノという造りなのに静かな食事処で、天井でゆっくりと回る飾り羽車の音さえ聞こえそうなほど。そろそろ夕食時だというのに客の数も少なかった。

「これでやっていけるのでしょうか」

ドロシーが聞くので、ナイアルは答えてやった。

「客が少ないのは二階が改装中だからなんだよ」

そう聞いている。

「あ。つぶれかけているわけじゃなかったんですねぇ！」

「しぃーっ！」

なぜにカウンターに聞こえそうなテーブルでそれを言うかな、こいつは。

頼んだのは、魚のムニエルとアゼリア・ロゼ。この店では定番だという二品だった。

魚はサモーナで、どうやら海で獲れたばかりのよう。新鮮だった。衣がぱりっとしていて、ひと口大に切って口の中に放り込むと、噛んだ瞬間に脂とうまみが口の中に広がった。身も肉厚で香草の香りも効いている。

アゼリア・ロゼのほうは木の実のジュースで作ったカクテルだ。甘い飲み口だけれどしっかりお酒だから飲み易いからと油断すると酔う。

ピンク色の液体を口につけていたドロシーが、ほんにゃりとした顔になった。頬のほうも、ややピンク色になっていた。

「美味しいですねー」

「呑み過ぎるなよ？　いいな？」

「はいー」

「信用できねえ」

「そんなことないですよー。ぜんっぜん、酔ってないですよー。あはははは。なんだか気分がよくなってきちゃいましたですよぅ」

——だめだこりゃ。

「で、話の続きだけどな。あのふたり、一度はホテルの最上階に宿を取ったはずだったんだが、デュナン公爵ってのに追い出されたってぇわけだ」

「ほへー」

ふたりというのはエステルとヨシュアのことだ。

あの姉弟の遊撃士コンビは、この街を訪れた日にホテルの最上階のスイートを取ることができた。たまたまキャンセルが出たその部屋を、遊撃士ならば普通客室料金でいいとホテル側が勧めてくれたのだ。

だが、そこにデュナン公爵が登場する。

リベール王国女王の甥にあたるという、デュナン・フォン・アウスレーゼ公爵殿は、海が眺められる部屋をお希みだとかで、お忍び旅行中の宿として強引に最上階スイートを横取りしたのだ。

宿を失ったエステルとヨシュアだったが、ちょうどその場にナイアルが居合わせた。

自分が取った部屋にはベッドも余っていたし、知らない仲でもない。

「で、ふぇんぱいが、部屋をていきょーしたんれふね」

「まあな」

ムニエルの最後の欠片を口に運びながらナイアルは言った。

それでナイアルのほうの近況報告は終わった。

「じゃ、そっちの番だ」

「そっち？　ばん？　んー。ばんばん、ばばばん、っと。あははは」

ぽやんとした顔でそんなことを言って笑いだしやがった。

「頭から水かぶせっぞ！　だからなんの用でルーアンまで来たのかってことだよ！」

「ああ！」

――うあ、イライラする！　天然が酔うとうぜぇ。思考のクロックが三分の一くらいになってるんじゃねーか、こいつ！

「そうだったのでした！　ええと、先輩に極秘指令が下ったですよぅ」

「はっ？」

極秘指令？

「んっと、このポーチ……、あ、先輩、そういえば、このポーチですけど、さっき落として無くしそうになったときに、親切な後輩不良さんに拾ってもらってですねぇ――」

「その話は後で聞く。先に本社からのってやつだ！」

「せっかちさんですー。あ、ほら、これですよ」

ポーチから取り出したのは一通の封筒だった。本社の定型業務用封筒だ。白色のそっけないやつ。受け取って開いて読む。

「極秘でもなんでもないだろこれ。なになに……『ルーアン地方をお忍びで王族がひとり、旅行している。続報のための記事を送れ』？」

「わたしはカメラマンしてこいって言われましたー。ぱっと行って、ぱっと帰ってこいって」

「飛行船代がもったいねえよ。ん？　……お忍びで旅行の王族？　続報？」

「あー。わたし、今思い出しました！　どこかで聞いた名前だと思ったんです。リベール通信の4号ですね！　でろりーこーしゃく」

「溶けてるだろ、それ」

デュナン公爵のことか。そういえば自分が公爵のことを知っていたのも、リベール通信の4号に記事が載っていたからだ。ルーアン地方のどこかを旅行中と書いてあった。

どこかどころか、このルーアンの街にまさにいたわけだが。

――まーた、ゴシップ記事かよ。

だが、とナイアルは考える。これは好都合かもしれない。キノコみたいな頭に髭を生やした左右の眉毛がもう少しで繋がりそうなヘンなおじさん（エステル談）だが、同じホテルに滞在中なら、二、三枚の記事ならあっという間に……。

「ああ！」

思わずあげた大声に、目の前で船を漕ぎそうになっていたドロシーがびくっと身体をすくめて驚いた。

「なな、なんですか、ふぇんぱい」

「今いねえよ、そいつ！」

エステルとヨシュアがエア＝レッテンまで迎えに行ったばかりじゃないか……。

厄介なヤツほど決まって、より厄介なことを引き起こしてくれるものらしかった。

目の前であっという間につっぷして寝息を立てだした同僚のカメラマンを見ながらナイアルは思った。

――俺の周りって、こんなのばっかりかよ……。

どうやら、今度の記事も簡単にはものにできそうもない。

## 5

「んー！　いい朝、というか昼ですねー」

ぐーっと天に向かって両腕を突き出しドロシーは伸びをする。日差しに照らされた街並みの白さがまぶしかった。目に痛いほどだ。

ついでに頭も痛い。

カンペキに二日酔いだ。ややふらつきつつも、ドロシーは石畳を東に向かって歩いている。

散歩を兼ねた街の取材のつもりだった。

「とうぶん延期では仕方ないですから」

なにしろお目当ての人物が街にいないのだ。ナイアル先輩によれば、でゅなんとか公爵は街道先のエア＝レッテンに行っているそうで、街に帰ってくるかどうかはエステルとヨシュアのふたりの頑張り次第らしい。

何をどう頑張るのか判らないが。

行き先が判っているのならば、そのエア＝レッテンまで出向いて取材するという方法もあるはずだけれど、ナイアル先輩にはそこまでする気はないようだ。元々苦手なゴシップ記事だからか。ひょっとしたら街から離れたくない理由でもあるのかもしれない。

通りの右手に大きな橋が見えてきた。

《ラングランド大橋》。

そんな名前がついているらしい。ホテルのフロントで聞いてきた。やはり『跳ね橋』らしく、日に三回ほど中央でふたつに割れて上がるらしかった。

その光景もぜひ見てみたいものだが、ドロシーは今日はまず大橋の先に行ってみるつもりだ。

街の南側は海や川を渡るほうの船の波止場になっている。

橋を渡り始めたところでカメラを構える。

大きな橋の上から見るルーアンの街並みを感光クオーツへと焼きつけてゆく。

空の青、川の青、河口の先に見える海の青。ぜんぶ青い色なのに、すべて違う青なのが面白かった。蒼かったり、青かったり、碧かったりするわけだ。その三つを同時にカメラに収められるのも、ルーアンならではの風景だろう。

ドロシーは写真を撮ることに夢中になった。

いつの間にか頭の痛いことなど忘れている。習え覚えた指の動きは休むことなく、切り取る光景は迷うことなく、シャッターを押す音と、見える景色を褒め称える言の葉だけが澄んだ空に向かって溶けてゆき……。

「む？」

指の動きが止まった。

ファインダーの向こうに気になる光景が映った。

橋のちょうど真ん中あたりだ。少女がひとり、うつむいた視線で川を見下ろしている。

「なんか……よくないです」

ズームしたときの表情が硬い。いや、硬いというか、暗い。思いつめたような、というやつだ。

近づいて、自分でも思いがけないことだったけれど、声をかけてしまっていた。

「あの……」

「……はい？」

のろのろとドロシーのほうに顔を向け、いぶかしげに見つめてくる。

咄嗟に、ドロシーはカメラを構えていた。レンズを彼女のほうに向け、

「笑って」

と言った。

「え？　え？　え？」

「ほら。チーズ、ですよー」

「え？　あ、あの、困ります！」

両手を顔の前に突き出して、ばたばたと手を振る。焦っている顔が可愛かった。

ドロシーはカメラを下してから、少女に向かって微笑む。

「そうそう。笑ったほうがいいですー」

「え？　あ……」

はにかんだような表情をした。ドロシーの手にあるカメラを見つめながら、

「ご旅行、ですか……」

「いえいえ。王都にあるリベール通信社という会社でカメラマンをしてます、はい」

言いながら、手にしたカメラを軽く振る。

「カメラマン？」

「はい。ドロシー・ハイアットです。といっても、まだ成り立ての新人ですよー。鬼のようにおっかない先輩記者の元で修業中の身なのです。美人さんを目にしたら、必ず褒めて写真を撮っておけってのが最初に教わったことでして。きれいな女性は王国の宝だからって。では、と鏡に

向かってカメラを構えたら、しこたま殴られましたが」

　一気にそうまくしたてたら、ぽかんと口を丸く開けた。

　それから、ぷっと吹き出して、ふわりと微笑む。素朴な笑みは彼女によく似合っていた。

「あ、いえ、その笑って……ごめんなさい」

「いえいえー」

　――嘘をついた甲斐があるというものです。先輩、鬼扱いごめんなさい！

「ええと、あの。……ユミナです」

　そう言って、ぺこりとお辞儀をする。歳は、十五、六というところだろうか。エステルちゃんと同じくらいに見える。肩まである金色の髪を左側でまとめていた。先ほどまで暗く沈んでいた琥珀色の瞳にほんの少しだけ明るさが戻っている。

「ふむ。あの……ユミナちゃん」

「は、はい」

「差し支えなければ、なぜそのような暗い顔をしていたのか話してみませんか？　わたしでよければ話を聞きますけれどー」

　図々しい言いようだと自覚はあったけれど、気になってしまったのだから仕方ない。

　ユミナはためらいを見せた。

　けれど……こちらが彼女にとっては通りすがりの旅人だからだろうか、ぽつりぽつりとだが話してくれた。

## 6

ペンダントを川に落としてしまったんです。

幼馴染みの彼からの、たったひとつの贈り物でした。


あたしと彼は子どもの頃から一緒に育った仲だったんです。

ルーアンの波止場が遊び場でした。

この橋の向こうで、朝から日が落ちるまでずっとずっと一緒に遊ぶような。

まるで犬の子どもみたいにふたりしてコロコロと転げ回っていたんです。真っ黒に日焼けしてしまって、あたし、男の子と間違われることもしょっちゅうでした。

もうすこし歳をとってからは、そこまで遊ぶことはなくなってしまいましたけど。

それで……。

彼の家は代々漁師で、おとなになったら自分も親の後を継ぐのだと、いつもそう言っていたんです。

彼の父も、祖父も、港一の漁師と言われたほどの釣り師で、彼自身もいずれは祖父や父の記録を塗り替えるだろうと言われていて。

それほどの腕前だったんです。

ところが、ひと月ほど前から彼は魚を獲ることをやめてしまった……。

しかも、《レイヴン》という荒っぽい人たちがいっぱいいるグループにいつの間にか入ってしまって……。一日中、波止場の使われていない倉庫に入り浸って遊んでいるようになってしまって。

あたし、何度も「何があったの？」って聞いたんです。

でも、ちっともあたしの言葉になんて耳を貸してくれなくて……。

もうあたしどうしていいのかわからない。

昨日も、この場所でぼーっと考えこんでいたら、橋の上がる時間になっていることを忘れてしまって、あやうく大変なことになるところでした。大慌てで袂まで戻って。

そうして、気づいたときにはペンダントが無くなっていたんです！

7

「もしやと思って、橋が下りてから戻ってきたんですけれど……見つからなくて」

「じゃ、そのペンダントはひょっとして……」

ドロシーは視線を橋の下へと向けた。

「はい、たぶん」

「落ちちゃったのかー」

そう言ったら、ぽろり、と滴が一粒、ユミナの頬を伝って落ちた。

あああ。

——しまった。泣かせちゃいました。どど、どうしましょう！

「えっとえっと」

「あ、ご、ごめんなさい」

ぐしっと袖で涙を拭ってユミナは頭を下げた。謝ることなんてない。むしろ謝りたいのはドロシーのほうだった。

おそらく彼女にとってペンダントは単なる幼馴染みの贈り物ではないのだ。見ていればわかる。ユミナはその男の子のことが好きなのだ。彼女に将来の夢を語っていたその少年が不良化してしまって彼女とロクに会ってもくれなくなった。

ペンダントを失ってしまったことが、彼との仲の終わりを示しているように思えて、それでずっとあんな瞳で川面を見つめていたのだ。

——でも、それ、よくないですよぅ。

思いつめている人間はちょっとしたことで過激な行動をとりがちだ。そう先輩が言っていた。王国中を飛び回ってたくさんの記事を書いてきた先輩の言葉だけに、そのあたりは信用がおけそうな気がする。

「あの……ユミナちゃん。その……元気を出して」

——ああ、こんなこと言ってもきっと意味ないですよねっ。

「はい。ありがとうございます」

「えとえと……」

——なにか、わたしにもできることはないでしょうか。

「見ず知らずの方にまで心配をおかけしてごめんなさい」

「いえ、そんなことは。そうだ。ええと、その、彼の名前は？」

不良グループに入ったばかりと言っていた。何か、きっかけがあったのかもしれない。それがわかれば……。ドロシーだって新聞社の人間だ。つまり、真相を突きとめる側の人間であるからして——。

「カイヤ、です、けど」

——あるからして、だから、そのカイヤさんが不良化したきっかけさえわかれば……。

「………………カイヤ？」

はて。

どこかで聞いた覚えがあるような。

8

「で、俺にどうしろってんだよ」

不機嫌そうな声で言ったのはナイアル先輩で、ドロシーは彼のために魚卵の酒蒸しを自分の皿からすくって分け与えた。魚卵の酒蒸しは、ココ、南波止場にある酒場《アクアロッサ》のお勧めメニューだ。

夕食時だから、かなり混雑している。海の男らしく肌を日焼けさせた人たちがいっぱいたむろしていた。

ドロシーのおすそわけを睨みつけて先輩がつぶやく。

「なんだよ？」

「わたしのぶんもあげますから、これで知恵を貸してくださいよぅ」

「や、安い買収だな、おい！」

「そんなことありませんってば。百年ものの古酒を使った逸品だって話ですよ。わたし、酒はもう懲りましたので今日はいりませんし。ほらほら、食べるだけで身体が温まるシロモノですってー。ぽかぽかしてきちゃいますよ、きっと。百年古酒って強いお酒ですから！」

「あのな……『今日は』いりませんって、全然、懲りてねえよ！」

「そーですか？」

「だよ！　だいたいな、俺たち記者は、記者であって遊撃士でも探偵でもねえ！　ましてや、他人の恋愛ごとに首を突っ込むのなんて俺はごめんだぞ」

　ロクなことにならない、なんて先輩は言うのだ。

　ドロシーとしては、それを聞いても引き下がるわけにいかない。あの、ぽろっと零れた彼女の涙を先輩ってば見てないのだ。きゅんときた。こっちの胸まで痛くなった。あれを見て、なお、何もしないという選択肢はドロシーの中になかった。

「あのなぁ……」

「カイヤさんが不良化したのにはきっと理由があると思うんですよぅ。だって、そうじゃないと、あんなにカワイイ幼馴染みを放っておくなんてありえないですー。敏腕記者のナイアル・バーンズだったら調べられますってば！」

「可愛いはおまえの個人的見解だろ！」

「そんなことないです！　ほらほら！」

　ここぞとばかりにドロシーはカメラを取り出した。

　記憶子に焼きつけた映像をオーバルカメラの背面にある投影版に映して見せる。

　両手を顔の前に突き出し、照れた表情を浮かべたユミナの顔をアップにしてから、先輩のほうに向けた。

　じっと見つめた先輩の唇が閉じた。む、と口をへの字に曲げる。これはドロシーの主張を認めた証だ。

　それを見てから、ドロシーは背面の操作盤を指で撫でて、もう一枚の写真を投影版に引っ張ってきた。

「実はですねー。わたし、ユミナさんから彼の名前を聞いたときに、聞き覚えがあることに気づいたんです」

　ナイアル先輩は口を閉じたまま聞いている。

「カイヤ、って、彼も呼ばれてました」

　くるっとカメラの投影版を先輩に向ける。そこには、大橋を南に向かって駆けていく不良さんたち四人が映っている。ドロシーにぶつかってきた男たちだ。いちばん最後尾を走るのは肌を浅黒く日焼けさせたもっとも若い少年だった。

「ほら、この子ですー。振り返ってるから、顔がわかりますよねー。この子がカイヤくんですよ！」

　ということは、おそらくあの先輩不良一味が《レイヴン》なのだ。『渡りカラス』なんて恰好いい名前が似合うような人たちではなかったけれど。カイヤひとりがなんとなく浮いていたのもわかる。彼は一味に入ったばかりだからだ。

　浅黒い日焼けした肌はあれは海の男だったからで……。

「……ドロシー」

いちど目を閉じてからナイアル先輩は口を開いた。

「そんなに言うなら交換条件だ」

「はい？」

「もうじきあのふたりが戻ってくる」

あのふたり、というのがエステルちゃんとヨシュアくんのことだとすぐにわかった。

「あいつらのことだからな。時間は掛からねえよ。で、だ。そうしたらあの公爵にインタビューしなきゃならねぇ」

「はいはい。そうですねー」

「ですねー、じゃねー！　おまえもたまには手伝いやがれ！　あのなっ。お忍び中の貴族がそうそう一介の記者の取材に応じてくれると思うか!?」

「無理じゃないでしょうか」

そう言ったら、がっくりと肩を落とされた。何か悪いことを言ったでしょうか？

「デュナン公爵ってのはな。性格がわりぃことで知られてるんだよ！　ずうっと考えてるんだが、どうやったら取材に応じてくれるか、さっぱり思いつかねえ」

「ずっと考えてたんですか？」

「ああ、ずっとだ」

「先輩！」

「なんだよ」

「やる気のないように見えて、ちゃんと考えてたんですねー」

ぱちぱちと小さく拍手したら、ぎろりと睨まれた。

「交換条件だ。手伝って欲しけりゃ、こっちの手伝いもしやがれ！　おまえも考えてもらうぞ！　公爵にインタビューする方法を！」

そういうことか、とドロシーは納得した。

その、でゅなんちゃら公爵とかいう性格の悪い貴族の人から、どうにかして記事を取らねばならないのだ。

「ううん……」

——これは難題かもですねー。

お忍び中なのだ。そもそもルーアンにいるということだって知られたくないはず。

しかも、聞いているかぎり、常にエラそうで威張っているような人なわけで、そういう人物が喜んで取材に応じるなんて状況はとてもじゃないが想像できない。

だが、ここであきらめたくはない。

真実を切り取るのがカメラマンの仕事だ。それがどんな真実だろうと。世界は美しいものだけでできているわけではない。わかっていた。

けれど、悲しい真実はドロシーは苦手なのだ。

ユミナの涙が脳裏に浮かぶ。

胸の痛くなるようなコトは幸せのためのスパイスだと思いたい。状況をひっくり返したければここで諦めちゃだめだ。


——まったく、なんでカイヤくんは子どもの頃から語っていたという漁師になる夢を捨ててしまったのでしょうか？

ん？　漁師？


閃いた！


「釣り……はどうでしょうか、先輩」

「はあ？」

ナニヲイッテルンダコイツハ。

ナイアルの顔つきがそう言っていた。

「だからですねー。こっちが勝手に記事にするんじゃなくて、向こうが記事にして欲しいって頼んでくればいいわけですよぅ」

「……どうやって？」

「釣りです！　すんごい獲物を釣れば、向こうから記事にしてくれって言ってくるんじゃないでしょうか！」

ドロシーには確信があった。

王族を笠にきて威張り散らすような輩だ。自尊心は山より高いに違いない。そんな人物が大物を釣り上げて自慢するのを抑えられるだろうか？

できない、とドロシーは睨んだ。

「いや、そうは言うけどよ。公爵が釣り上手だなんて話は聞いたことがねえぞ？」

「だから助手をつけるんです。釣り名人を助手にすれば、大物を釣れる可能性が広がりますよねー」

「釣り名人ー？」

そんなのどこにいるんだよ、とナイアルが乗ってきて、心の中でにやりとドロシーは悪い笑みを浮かべた。よし、かかった！

「ひとり、わたし、知ってるんですよー。しかも、この港で一番の漁師です！」

9

潮の香りがドロシーの鼻をくすぐっている。

海港都市ルーアンの南にある倉庫街だ。酒場を出て少し南へ歩いたあたり。

黒々としたシルエットとなって聳え立つ波止場の倉庫の前で、ドロシーは考えていた。

まずは——きちんと確かめることからだ。ドロシーのポーチを拾ってくれたカイヤが、ユミナの言う《レイヴン》のカイヤなのかどうか。

「おうい、ドロシー！」

声に振り返る。

「ナイアル先輩！」

「東の端に使われてない空き倉庫があるそうだ。連中はそこでたむろっているってよ」

「空き倉庫、ですか」

「ああ。最近じゃ水上輸送は下火なんだ。飛行船での貿易が主流になってきてるんだよ。ルーアンも観光都市に変わりつつあるみてーだし」

ナイアルが、調べてきたルーアン事情を話してくれる。

ぶつぶつ言いながらもこうして必要なことをやってくれる人なのだ、ナイアル・バーンズという人物は。

「けっこうやんちゃな連中が揃ってるらしい。おまえはホテルに戻ってろ……って、聞くような性格じゃなかったな」

やれやれと肩をすくめられた。

海へと流れ込む川の河口に突き出るようにしてその倉庫はあった。

あたりに幾つも立ち並ぶ倉庫と形は変わりばえしないが、最近使われていないのだろう証に、荷を運ぶ台車や空き箱、荷を縛るロープのような実作業に付き物の道具が近くに見当たらない。ただ、建物だけがそびえていた。

閉ざされた扉の向こうに人の気配がある。

ナイアルがゆっくりと扉を押し開ける。錆びついた鉄のこすれる音があがった。

導力は通っているようで、薄暗い明かりがぼんやりと倉庫の中を照らしている。三々五々とばらばらに散っていた少年たちの何人かが振り返って、ドロシーたちのほうへと顔を向けた。

「なんだあ、ねぇちゃん、あんちゃん。ここはおまえたちみたいな、小奇麗なやつらがくるとこじゃねえぞ。あっち行きな、あっち！」

「っと、待てよ、ディン。そっちの眼鏡のねえちゃん、どっかで見たことねぇか？」

「んあ？　なんだってぇ？」

ディン、と呼ばれた若い男がドロシーのほうへと近寄ってきて、しげしげと顔を見つめてくる。ドロシーのほうも思い出した。

「あ、やっぱり橋のところで会った、おっかない先輩不良さんですよぅ！」

「おっかねぇだと？」

「はい。主に顔が」

「てめっ、言ってくれるじゃねえか！」

「おまえはひと言多いんだよ！　って、ああ、聞いたの俺か！」

「こいつら……おもしろい漫才やってくれるぜ」

「そうだなあ、ディン。ちっとばかりおしおきが必要みてえだなあ」

　じりっとディンとロッコがにじり寄ってくる。周りの連中も、おもしろい余興が始まったとばかりに囃し立てるだけで止める気はないようだ。

　ふたりの迫力に思わず一歩下がってしまったドロシーだったが、入れ替わるように、すっとナイアルが前に出た。

「悪かったな。機嫌を直してくれ。別に喧嘩をしにきたわけじゃねーんだ」

「ちっ！　ちんちくりんのくせに男連れかよっ！」

　灰色の髪をしたロッコのほうが切れた。かなりの短気だ。

「お、おい待て。俺とこいつは別にそんなのじゃ……」

「ひとりものの無念を思いしれえええええ！」

　――それは言いがかりって言うんじゃ。

　などというドロシーの心の中の突っ込みは聞こえるはずもなく、ロッコが、まくった袖から伸びる太い腕をナイアルにぶつけてきた。

　ナイアルは一介の新聞記者だ。それなりに危ない現場での取材もこなしているとはいえ、遊撃士のように荒事に慣れているわけでもなければ、戦いの訓練を積んだわけでもない。

それでも避ければ避けられたはずだ。だが、彼の後ろにはドロシーがいた。

「センパイッ！」

ドロシーは思わず叫んでいた。

まともに叩きつけられた拳を、ナイアルは顔の前で組み合わせた両腕で辛うじて防いでみせた。そうしなければドロシーが殴られていたからだ。衝撃は殺し切れず、彼の唇からくぐもった声が漏れる。

「へ……。そういう女の前で格好つけるのが一番気に入らねえんだよっ！」

拳を引いたロッコが距離を取って足で拍子を取る。拳を左右交互に振ってから、「いくぜ！」と叫んでふたたびナイアルに向かってきた。

このままだと今度こそやられてしまう――そうドロシーが考え、反射的に構えたオーバルカメラのフラッシュを焚こうとしたときだ。

ドロシーの脇を風が吹き抜けた。

10

誰かが走りぬけたのだと気づいたのは、その影が、まばたきするほどの時間でロッコとディンのふたりに躍りかかってからだった。

「うお⁉」

「なっ！」

　短い言葉を発して、ロッコとディンの身体が宙に浮き、硬い床へと叩きつけられていた。

「ロッコ、ディン！　うわあぁ、だいじょうぶかあ！」

　ふたりの後ろにいた一番性格の軽そうな男が慌てている。

「おい。レイス……」

「あ、あ……。兄貴ぃ」

「ロッコ、それにディン……。おまえら、まだ、こんなことやってんのか？　言っといたはずだよな、今度こんな真似してるところを見つけたら容赦しねえって」

　そう言い放ったのは、大きな剣を背中に背負った赤毛の青年だった。細身に見える身体をしているが、軽鎧から覗く腕も首も目の前の若者たちよりもひと回り太い。鍛えあげられた身体だ。

　赤毛の青年の一喝で、《レイヴン》の若者たちはたちどころに大人しくなった。

　相当、恐れられている人物のよう。

《レイヴン》の男たちは、一転して愛想笑いを浮かべ、ドロシーとナイアルに対して紅茶まで出してくる始末だ。さすがにお菓子はつかなかったけれど。

「すまなかったな。こいつらの不始末は俺が後でよ～く言ってきかせておくからよ」

赤毛の青年の言葉に、後ろにいた強面の不良たちが震える。ほのかな導力灯の明かりの下で青ざめた顔が陰気に並んでいた。

「で、新聞記者とカメラマンが、《レイヴン》に何の用がある？」

「あー。俺たちはカイヤって名前のヤツに、ちょっとばかり聞きたいことがあるだけなんだけどな」

「そうですそうです」

「カイヤ……？　そんな名前のヤツいたか？」

赤毛の彼の問いかけに、ロッコが「あ、そいつなら最近入ったヤツです」と答えて、背後の男たちの中に呼びかけた。応えて、ひとりの少年が前に出てくる。

「あ、やっぱり」

ユミナから聞いていたとおりの若者だった。

ドロシーのポーチを拾ってくれた人物でもある。

「あんたがカイヤか」

とナイアル。

「ああ」

「あの……ユミナさん、ご存じですよね？」

ドロシーがその名を出したとき、カイヤの顔が苦いものを噛んだときの表情へと変わった。

「あんたたちユミナの……」

「あの……ごめんなさい。事情を聞いてしまったんです。それで、あの……何があったんですか？」

「別に、なんにも……」

「なんにも、って……ユミナさんが心配していたですよ。漁にも出なくなっちゃったって……」

そう言ったドロシーの言葉に、だがカイヤは押し黙ったまますかに首を振った。

これ以上、話すことはない。そんな感じに見えた。

「ま、おまえさんの事情は置いといて、だ」

ナイアルがそう言ってから、公爵の釣りの手助けをしてくれないかと切り出したが、カイヤの答えは芳しくないものだった。

「おれはもう漁師はやめたから……」

ぼそっとつぶやくように言ってから、「もう、いいっすか」とたむろっている仲間たちの元へと戻った。

それ以上はどうすることもできず、ドロシーたちは引き上げるしかなく。

——いったい、何があったというんでしょう？

ホテルへと戻る道すがら、ドロシーは暗い瞳をしたカイヤについて考えを巡らせてみたのだけれど、何も思いつかなかった。どこかであんな瞳を見た気がするのだけど……。あまりにも自分はあの若者について知らなすぎると思った。

ホテルのフロントへと辿りついたところで、ナイアルが「仕事に差し支えるからさっさと寝ろ」と言ってから街へと引き返した。何かの取材の続きだろうと思ったドロシーだったが、ひとつだけ気づいたことがある。

——先輩、ホテルまで送ってくれたんですね。

まだ宵の口だ。でも、そのまま波止場で別れて取材に繰り出さずに、わざわざ街の反対側にあるホテルまで送り届けてくれたのだ。

——ふふっ。たまに先輩らしいですよねー。

ベッドに入って毛布にくるまる。落ち込んでいた気分が少しだけ浮上してきた。

いい夢が見れるだろう。明日はもうすこし元気になって、きっと、いい考えも浮かぶに違いない……。

## 11

寝つきのいいドロシーがベッドで寝息を立て始めた頃。

ナイアルは、波止場に一軒だけ存在する酒場《アクアロッサ》で漁師たちの集うテーブルについていた。

もちろん、酒を呑みたかったからではない。

「じゃあ、カイヤってのはあんたたちから見ても相当に釣りの腕があるわけか」

ナイアルの問いかけに、ああ、とガラガラ声の男が答える。腕の太さがナイアルの倍はある大柄な男だった。

「この港じゃ一番だな。おやっさんの域にはまだまだだけどよ」

「ほう。……その、おやっさんてのは？」

ナイアルの問いに、ガラガラ声の隣にいた皺だらけの老人が答えた。

「カイ坊の親父じゃ」

「ああ、そういや代々漁師だとか言ってたな」

「惜しい男を亡くしたもんじゃ」

そう言って、小さなグラスに半分ほど残っていた液体を呑み干した。赤ら顔をなお赤くさせて、重いため息を吐く。

遠い海まで出て戻る途中だったという、月の無い暗い夜、急変した天候、時化に会って、とぼそぼそとつけ加える。

船は転覆し、船乗りたちは誰ひとり帰らなかった。流れ着いたのはバラバラになった船の欠片だけ。カイヤが十四のときだったという。

　泣いて泣いて沈み込むだけの母を支えたのはカイヤだった。

「それがどうして漁に出てこなくなったんだ？」

　そう尋ねると、テーブルの男たちは互いに顔を見合わせた。途端に口が重くなる海の男たちの中、最初にナイアルが奢ったガラガラ声の男が応えた。

「やっぱ……あれが原因じゃねえかな」

「あれ？」

「そのちっと前からおかしくなってたんだよ。なんてったかな……」

「『見えない』だろ？」

「ああ、それそれ」

「見えない？」

「ん。あのな、カイヤのヤツは針に食いつく魚が見えるんだと。どんなに水が濁っていようと、何セルジュ深い水底を泳いでいようとさ」

　どこかで聞いたような話だな、とナイアルは思った。

「で、それが見えなくなった、と？」

「ああ。ま、それでも俺たちよりか、よっぽどたくさん釣り上げるんだけどよ。アイツには我慢できなかったらしい」

いらいらが募っていたところでヘマをした。

『ばっかやろう！　漁を舐めんな！』

漁師たちをまとめる親方にそう一喝され、あくる日から浜に出てこなくなった。気づけば《レイヴン》とかいう不良たちのグループにいつの間にか混じって、日がな一日だらだらしている始末だ。

「なるほどな」

なんとなくナイアルにも事情が飲み込めてきた。

――これだから天才ってヤツは……。

「ユミナちゃんもかわいそうにな」

ガラガラ声の男がそうつけ加えて、周りの男たちも同時に頷いた。

ドロシーが出会ったという少女の名だ。そこまでは覚えていた
「ユミナってのは……」

「可愛い娘《こ》なんだぜえ」

「カイヤにはもったいねえ」

「ちっこい身体で子犬みてえに、とととっと岸壁を走ってくる姿を見ると、もう、撫でまわしたくなるほどだよなっ」

そう言った男を見て、ナイアルは思わず心の中で突っ込んだ。そりゃ、あんたから見たら誰

だってちっこい身体だろうよ！　自分よりも頭ふたつ分は確実に大きい男だったのだ。胸板だって倍は厚い。その巨漢が身体をくねらせて「可愛い」を連発してみろって、ほら鳥肌が立ったじゃねえか。

「それが毎日カイヤの野郎に弁当を届けるためだってのが気に入らねえがよ！」

大声で言って、ちげえねえ、と男たちが同意する。

そうして話は元に戻る。カイヤが船に乗らなくなったので、波止場の男たちも彼女の姿を見られなくなった。ずんと重い雰囲気に戻る。気分が上がったり下がったり忙しい。まあ、単純なのだ。よくいえば素朴。

「健気な嬢ちゃんだで。自分だって辛かろうにのう」

赤ら顔の老人が言った。

ユミナの父もまたカイヤの父と同じ船に乗っていたのだ。

ジェニス王立学園に通うという夢も砕かれて、それでも今は自らの手でお弁当屋を開くのだと頑張っている。

「お、俺は、店が開かれたら一番に行くからって言ってあるんだぜ！」

うっかり言った男がいたものだから、いや一番は俺だとそれぞれが言い始め、そこから先は言い合いになって、まともなことが聞ける状態ではなくなった。

——まあ、収穫はあったか。

こっそり席を立って勘定を済ませると、ナイアルはホテルに戻った。

隣のベッドで幸せそうな顔をして寝息を立てているカメラマンを見つめながら、ネクタイを緩める。靴を脱ぐのも面倒でそのまま自分のベッドに転がった。

さて――どうしたもんか。

考えているうちに意識が闇の中に落っこちた。夢も見なかった。

## 12

正午を知らせる鐘が鳴って、ナイアルは目を覚ました。首を曲げると、もうドロシーのベッドは空になっていた。

枕から頭を持ち上げようとして、思わず頭を抱え込む。

ずきんときた。

「つう……。こいつはヤバイ」

枕元の水差しからコップ一杯の水を喉へと流し込む。海の男たちはどいつもこいつも新聞記者とは身体の作りが違うらしい。あのまま付き合ってたら、今日は仕事にならなかったところ。

「あのトンチキ娘……どこへ行きやがったんだ？」

テーブルには書き置きらしきものは見当たらない。

着替えてフロントに上がる。

そこでナイアルは思いがけない人物を見た。

偉そうにふんぞり返った髭の男と、ひょろりとしていて腰の低い年配の男のコンビだ。

デュナン・フォン・アウスレーゼ公爵殿とその執事だった。

フロント係を困らせつつ最上階の部屋の鍵を受け取っている。

——さすがにあいつら仕事が早いな。

どうやら、エステルとヨシュアの遊撃士コンビは、公爵殿を首尾よくエア＝レッテンから引き剥がし、ルーアンの街に連れ帰ることに成功したらしい。

やって、みるか、と腹をくくる。ついでにネクタイも締め直した。

「公爵殿とお見受けしますが……デュナン・フォン・アウスレーゼ様でしょうか」

名前ではなくて、爵位を先に出して言うところがコツだ。

地位を殊更に強調するものはその地位に自信がない。自分に合った身分に居るのならば自分を誇ればいいのであって地位を言い立てる必要はないはずだからだ。

つまり——自分に自信がないから虎の威を借りている。

だからこそ、見た目でさも公爵然としていますね、などとおだてられると……。

「ああ、うむ。わかるかね」

相好を崩して口許をゆるめた。

「それはもう。見るからに堂々たる押し出しで」

「うわっはっは。そうだろう。なあ、フィリップ、判るやつには判るのだ！」

ほら、ガードがゆるんだ。こういうところは――まだ善人の印だ。本当の悪党はこの程度では警戒を解かない。

「で、お前は誰だ？」

「おれ……私はナイアル・バーンズと申します。リベール通信社の記者をしておりまして」

「なんだ、記者風情か」

――ふぜい、だと？

「あー。……そうですね」

いかんいかん、思わずむかついて殴りつけるところだった。記者なんて敬意を払われるほうが珍しいのだが、この公爵の言いようときたら……。

「お忙しいところを恐縮ですが――」

と、まずは正攻法で取材を申し込んでみる。

「ダメだダメだ。私は暇ではないのだぞ。これでも次の国王となる身だからな！」

「いや暇だろ――」

じゃなきゃ、お忍び旅行なんてできねえよ、とつい言ってしまいそうになってまたも口を閉じる。

「ん？　何か言ったか？」

「いえ。……時に、公爵様は釣りにはご興味がおありですか？」

「釣り、とな？」

「ええ……。確か、このホテル《ブランシュ》には釣りの道具一式と船が用意されていると聞いたような。ですよね？」

と最後の部分はフロントのほうへと振り返って問いかける。

ホテルのほうも心得たもので、にこやかな笑みを顔に張りつけたまま、

「はい。申し出て頂ければご用意させていただきます。ボートもありますし、ちょっとした遊覧もできますよ」

と、答えてきた。ホテルとしても公爵様の機嫌を損ねたくないのだろう。竿や餌はどこから調達してくれるに違いない。さて――どうでる？　と、ナイアルはデュナン公爵の返事を待った。

「ふむ……ところで何が釣れるのだ？」

――そうきやがったか。関心だけは見せてくれたようだが……。

問われてもナイアルもルーアンに詳しいわけではない。そんなこと判るわけがない。だが、このときはフロントが味方してくれた。

「メッシーナなども採れますが、大物を狙うならクロディーンでしょうか。噂では百リジュを

越えるヌシがいるとか、いないとか」

「ヌシ……だと？」

「はい。三十年釣れたことがないとか。釣り上げればかなりの釣果です。きっと、リベール中の話題になるでしょうね」

　こっそりと打ち明けるようにして言うものだから、公爵の目つきが変わった。

　そこから先は順調で、どうやら公爵の関心を安全なところに向けておけるなら歓迎らしい執事の口添えもあって、とんとん拍子で公爵様の釣りの予定が決まった。

　これで、公爵のほうはどうにかなった。

　あとはどうやってカイヤを引っ張りだすかだが……。

## 13

「あ、ナイアル先輩」

　部屋の扉を開けたら、ドロシーが戻っていた。ベッドの上に座り込み――。

「おまっ、何食ってやがる！」

「お腹空いたんですよぅ。お昼にはまだちょっとありますし。このチーズ美味しいですねー」

「俺の買い置きをてめえ」

――とっておきだったのに！

まあ、いい。こいつは今まで何をしていやがったんだ？

ナイアルの問いかけに対するドロシーの答えは想像を超えていた。

「カイヤ君に公爵の釣りの指導を頼んできました」

驚いたのって。

「どうやったんだ！」

「そりゃもう、家にお伺いして誠心誠意を尽くしたんですよー」

「という建前は置いておいてだな」

「あれあれ。やはり信じてくれませんかぁ」

「欠片もな！」

「そこまで！」

わざわざ愕然とした顔を作るんじゃない、とナイアルは心の中でツッコむ。

「で、何をした？」

「前にも言いましたように、カイヤ君とはこの街に来た日に出会ってるんですよね」

と言いながら、オーバルカメラで撮ったいつかの写真を見せてくる。橋を南へと渡っていくカイヤの背中を映したやつだ。顔は振り返っているから判るものの全体的に画像は小さくて荒い。

「このポーチを拾ってくれたんですけど」

　腰に引っ掛けていたポーチを掲げる。ポムがでかでかとプリントされたキラキラポーチは凶悪なまでに可愛らしかった。

「写真を見せつつ、実は拾ってくれたときの写真も撮っていたんですよ、と。それはもう、ポムちゃんの愛らしいポーチを抱えたカイヤ君のお姿なわけですよ」

「お、おう」

「引き受けてくれないなら、代わりにその写真を『《レイヴン》メンバーの意外な少女シュミ』というタイトルで記事にしていいですか？　と笑顔でお願いしたら、あっさり」

「脅迫じゃねえか！」

　確かにそんな写真がリベール通信に載ろうものなら、街ですごみを効かせることなんてできそうもない。それにしたって不良グループのメンバー相手に危ない橋を渡るヤツだと思ったが、ドロシーはさらっと「悪いひとではないと思いましたので」と言った。

　ナイアルとしては感心するやら呆れるやら。

「そういや、考えてたんだが……あのカイヤってのが漁に出なくなった原因だけどな」

「ボースでのわたしと同じ、ですよね」

「気づいたか」

　ルーアンに来る前のボースの街で、ドロシーは一時的に写真が撮れなくなった。

風景の表情が見えると言うオーバルカメラの天才ドロシーがだ。

「今となっては何がきっかけだったか判らないんですけど。何を見ても、どのコもどんな気分なのか判んなくなっちゃって。笑って欲しいのか、お澄まして欲しいのか、それすら、判んなかったんですよぅ」

ドロシーが言った。

そもそも、風景の感情なんてものは、普通の人間には読めないものだと思うのだが。

「先輩はそーゆーとき、どーしてるんですかぁ」

「俺か？」

記者で言えば、記事が書けなくなったとき、ということだろうか。

ナイアルにとって、その答えはとてもシンプルなものになる。そもそも記事が最初から思い通りに書けた試しなんてない。できないことが当たり前なので、できなく「なった」という経験が、残念ながら今のところないのだ。

「それでも締切は来るんでな。やらないわけにいかないしなー」

「まあでも……そーゆーことかなって、わたしも、ちょっぴり……」

このまえ思ったんですよね、とつけ加える。

だから、とにかくもういちど漁師の仕事と向き合わせることだと考えたわけだ。

天才ゆえのスランプに万能の対処法なんてあるものか判らないが、それでもこれは何かせずにいられないナイアルたちの性分なのだった。

「まあ、何かしたっていう自己満足が欲しいだけかもしれないですけど」

いきなり自信なさげになって俯くものだから、ナイアルは困った。

——だから、ため息なんて吐くなってーの。

自分にはこーゆーときのうまい対処法も心得がない。

「それが判ってるんだったら、いいんじゃねーの」

言いながら、二、三度、ドロシーの頭を軽くぽんぽんと叩いた。えへへ、とドロシーが眼鏡の奥の目を猫のように細めながら、少しだけ顔を明るくする。

もうすこし何か褒めてやれそうなことは……。

「そういや……」

ひとつだけあった。

「よくポーチを落として慌ててるときに写真を撮ってたな。たいした——」

「あ、さすがにそれは無理でしたよー」

——なんだって？

「つまり、そこは嘘です」

ドロシーはにっこり笑って言うのだった。

こ、このトンチキ娘ときたらまったく……たいしたやつだ！

## 14

朝、というにもまだ早い時刻。

「ふあぅふふふうふぁ……むにゃ」

欠伸が漏れる。ドロシーは、眠い目をこすりながらナイアルの服の背中をつまんだまま歩いていた。ホテルの廊下には明かりがかすかにしか灯っていないので、そうしないと転んでしまうのだ。

ホテル《ブランシュ》の裏手、西に面した扉を開ける。

潮風が顔に当たり、目が覚めた。扉の向こうに広がっていたのは黒々とした夜の海だ。小さな桟橋が揺れる海面へと突き出している。

ボートが一艘留まっていた。

すでにカイヤが乗り込んでいた。仏頂面を隠そうともせずに、それでも黙々と船を動かす準備をしている。導力機関の調子を確かめ、船に乗せた釣り具の具合を確かめ。

「置いてあった船よりでかくねえか?」

ナイアルのつぶやきを聞きつけ、桟橋に立ってカイヤの働きぶりを見ていた船の管理人らしき老人が言う。

「人数が多いですからな。ひとまわり大きい船を借りて参りました」

「多いんですか？」

ドロシーが尋ねると、「五人ときいております。いつもの船ではそんなに乗れません」と返してくる。

そんなにいたっけとドロシーは指折り数えてみた。

まず、自分とナイアルだ。それからカイヤ。ここまでで三人。これに今回の一応は表向きの主役である公爵。

これで四人。あれ、足りない？　それとも、このおじいさんも乗るのだろうか。

「ああ、眠い眠い。それにまだ暗いではないか。こんな中で釣りなどできるものか。魚も見えんぞ」

「閣下。そうは申されましても」

公爵と執事がやってきた。そうか。執事さんがいた。なるほど、これで五人。

「ふああ。でも確かに眠いですよぅ」

「我慢しろって。まずめに合わせたんだろ」

ナイアルの言葉を耳にした船の上のカイヤが、かすかに意外そうな顔をして、ナイアルのほうをちらりと見たことに気づいた。

「まずめ？　それ、なんですか先輩」

「あー。だから、日の出や日の入りの前後の時間をそう言うらしい。朝の早い時間を朝まずめ、夕方を夕まずめ。釣りに良い時間ってされてるんだよ」

「へー」

ナイアルの言葉は公爵にも聞こえたようで――聞こえるように言ったのだろうけど――公爵が気まずそうに咳払いをした
「し、知っておったわい。そうそう朝まずめしだな」

「まずいご飯は美味しくないですよねー」

「おまえはしゃべるな」

ナイアルに怒られた。

五人でボートに乗り込み、桟橋を離れる。船の導力機関を動かすのはカイヤの役目だ。

白い波を後ろに追いやりつつ船はゆっくりと動き出した。

「どっちに行くんだ」

「……川のほうに戻る」

そう言いながら舳を返した。海を背中にして進み始める。

行く手の東の空の下の方がうっすらと白くなってきたかなという頃だった。

このまま進むと……。

「橋で進めねえんじゃ……。ああ、橋が上がるか」

《ラングランド大橋》は跳ね橋で、日に三回ほど真ん中で割れて跳ね上がるのだ。その時だけは船で川を遡れるようになる。朝の、まだ人が行き来しない時間に最初の一回目がくるはず。

「橋は越えない。狙うのはクロディーンだと聞いている」

「ヌシだ」

デュナン公爵が言った。文字通り雑魚には用がないという意味だ。

「……橋桁のあたりに隠れたポイントがある。クロディーンなら、それなりの大きさを釣れるはずだ」

そうぽつりと言った。

暗に、そうそう大物なんて釣れないぞ、というニュアンスが込められている。

しかし、公爵様にはその手の機微を読み取る感性はなかったようで、

「それなりではない。いちばん大きいヤツを釣るのだ！」

カイヤは黙って船を操った。

15

《ラングランド大橋》が見えてきた。
徐々に白くなってきた東の空を背景にして黒々と横たわっている。
こうして川面から見上げると、ひときわ橋の巨大さが際立つ。長さが百アージュ以上という
ことは、ドロシーたちの乗るボートのおよそ二十倍ほどか。それなりに大きいボートなのに、

橋の大きさに比べれば木の葉みたいなものだ。当然のことながら、大きな橋を支える部分もそれなりに巨大で……。

その橋桁の近くで船が止まる。

「なるほどな。確かにこのあたりのポイントじゃ、陸からは狙えないな」

ナイアルがぽつりとつぶやく。ドロシーもぐるっとあたりを見回して納得した。橋桁は川に食い込むように建てられているから陸側からでは回り込めない。

しかも橋桁でぶつかった川の流れが渦を巻いていた。これでは落ちたら危ないから近寄らせてもくれないだろう。

カイヤが不思議なことを始めた。

船に乗せてあった釣竿を順に並べだしたのだ。ちゃんと餌もつけてから、橋桁の周りのあちこちに針を放り込み、船の側面に並べていた支えに置いてゆく。

——あれあれ？　釣りをするのは髭の公爵さんだけだと思ったのですが。

それにしては、竿の数が多い。五竿、いや六竿か。船に乗っている人数以上をずらっと並べてしまった。

「なんだこれは……？」

「……公爵様はどうぞいちばん左のを使ってください」

「釣るのはわたしだぞ！」

「はい」

横柄な態度にも、カイヤはよく辛抱していた。相手が公爵だからか、それともドロシーの脅しが効いているのか。あるいは……。

「でも、なんでこんないっぱい竿があるんですか？」

ついドロシーは聞いてしまった。

カイヤの顔が面倒くさそうな表情になる――あら、まずかったでしょうか。

代わりに答えてくれたのはナイアルだった。

「竿の種類が多いのは……折れたときのためと、魚の重さによって耐えられる竿は変わるからだな」

「いちばんでかいのが釣れれば充分だ」

「か、閣下！」

はあ、とため息をついたのはナイアルだった。

「でも、折れたときのための替えは必要ですよ、公爵殿」

「む。う、うむ」

「餌は……クロディーンを釣るならシュラブとかクァサゴじゃなかったかな……。色々替えて試してみるつもりじゃゃ……」

「コエビとイソメもよくかかる」

ぼそっとカイヤがつけ足した。

「水の温度や流れの速さによって、魚のいる深さも変わる。どの竿のどの餌で、どの程度の深さに錘を沈めれば良いかは毎回ちがう。今日一日で釣るつもりなら、ひとつの竿で色々試している暇はない」

「おいおい。だからといって――」

ナイアルが理解したと頷きつつも絶句していた。

「――おまえひとりで、六竿も見張るつもりか！」

「いちおう、ひとりひと竿ずつ見てもらう。俺が引けと言ったら、竿を上げろ。後はなんとかする。いちばん右のふたつは俺が見る」

言われたことがドロシーの眠い頭に染み込むまで少しかかった。

「えっ……わ、わたしもやるんですかあ！」

「騒ぐな。魚が逃げる」

ぎろっと睨まれた。ひぇえ。今まででいちばん、こ、怖い、かも。

ドロシーの怯えた顔を見てカイヤが気まずそうな顔になった。言い過ぎたと思ったのだろう。

「わたしが釣るんだ！　わたしだ！　いいか、ヌシを釣り上げて国中の評判を得るのは、このデュナン・フォン・アウスレーゼなのだ！」

「か、閣下！」

　はあ、と今度はカイヤがため息だ。

「もちろん……です。釣りのもっとも大変なところは釣り上げるところ。魚の当たり――喰いついたところを引くなんて、それに比べれば前座のようなもの。釣り上げるのは公爵様です」

「そ、そうですとも、閣下！」

「む……そうなのか」

　ナイアルが顔の前で手を左右に振りながらドロシーのほうに目配せをした。口が「嘘、嘘」と言っている。なるほど嘘なのか。きっと当たりに合わせて竿を引くのが肝心に違いない。

　こうして船の側面に並んで、全員で釣り竿を見張る作業が始まった。

　ドロシーもカメラの用意をしつつ、自分の前の竿から垂れた浮きを見守る。その一方で右隣りのカイヤもこっそりと見ていたのだが。

　すぐに、ドロシーは釣りに対しての認識を改めることになった。

16

　釣りというのはのんびり屋に向いているのだとドロシーは思っていた。

　一日中釣り糸を垂れたまま、ぼうっと水面を睨む作業が続くとばかり。

　だが――どうやらそれは間違いだったらしい。

カイヤはひと時もじっとしていることがなかった。口を開いたりこそしないが、彼は六つの竿を絶えず見張っていた。しかもドロシーが思っていた以上に頻繁に、餌を替えたり、浮きの位置を調整して針を沈める位置を変えていた。六竿ぜんぶに対してだ。気長どころか、せっかちに見える。

むしろ公爵のほうがだらしなかった。竿を掴んだまま、すぐにぼうっとしてしまって、カイヤの「引け！」の声にも、しばしば遅れる始末だった。

合図があったときは、たいていは魚がかかっていたというのに。

カイヤは魚が実際にかかったかどうかわかるらしく、浮きが沈んだと思っても声をかけなかったときは竿を上げるだけ無駄に終わった。

時間がゆっくりと流れてゆく。

一時間が経った。

東の空の底のほうが徐々に赤みを帯びてきた。

闇が西へと追いやられてゆく。もう天頂付近まで白くなってきた。星がひとつまたひとつと消えてゆく。

カイヤは、小さな魚はそのまま逃がしてしまったし、それなりに大きくともクロディーンでなければ放してしまった。

八十リジュを越える大きさのクロディーンが何匹か釣れた。

それで満足してくれれば良かったのだが、公爵殿は気に入らないようで、文句ばかりが増えていった。だが、素人のドロシーにさえ判る。公爵ほどのヘボ釣り師は他にいない。間違いない。そのくせ、ポイントが悪い、餌が悪い、竿が悪いと文句ばかり。しまいに腹が減ったと大声でわめいた。

「フィリップ！　何か食べるものはないのか！」

「閣下……その……あいにく何も」

ドロシーたちだって何も食べてないのだ。けれどまさか、こんなに粘ることになるとは思わなかったし。

「魚ならあるけどな」

釣り上げたクロディーンのほうを見ながらナイアルが皮肉で言ったけれど、公爵はそんなものが食えるかと一蹴してしまった。

——ええっ？　食べないのにこれ以上釣る気なんですか……。

カイヤのこめかみが徐々に引きつってくるのが判って、ドロシーはハラハラしてしまう。

それでもカイヤは耐えた。

単調な繰り返しに思える作業を延々と休まずに続ける。川を睨みつけ、流れの下を泳ぐ魚の動きをなんとかしてつかもうとしていた。

汗がカイヤの額に滲んでいる。竿を上げては餌を替え、針を投げ入れる作業を、ひとりで、しかも六竿分もやっているのだ。疲労も溜まるだろう。川面に投げるまなざしは揺れることなく真剣で、ドロシーはその横顔を写真に残せないのが残念だった。

この暗さではフラッシュが必要だ。でも、閃光を焚いたら魚がきっと逃げてしまう。

二時間を超えてしまった。そろそろ三時間になろうかというところ。暁の最初の光が東の彼方に走った。

「まだか。まだかまだかまだか！　もう夜が明けるぞ！」

「辛抱ですよ、公爵様」

「何を言う。もう三時間も経つのだぞ！」

「どんな漁師だって、一晩で大物が釣れるとは限りません。そのときできることをやって、あとは幸運を待つしか……」

言いかけて、カイヤが口をつぐむ。

「ふん！　わしは一介の漁師ではない。釣りの天才なのだ！」

「……」

それきりカイヤは黙ってしまった。相変わらず川を睨み続けていたが、少し物思いに耽っているようにも見えた。その理由がなんとなくドロシーにも判るような……。

「ドロシー！」

ナイアルが叫んだ。

はっと我に返る。ほぼ同時に、カイヤが「引け！」と叫び、ドロシーは反射的に自分の前の竿を手にしていた。

浮きが一瞬で水面下に沈み、竿が見たこともないほど大きくしなった。

――こ、これは！

心臓がどきりと激しく鳴った。

「貸せ！」

横からカイヤがドロシーの竿に手を伸ばして掴んだ。

間一髪。

次の瞬間、竿がほとんど倒れるくらいまで引かれて、ドロシーはもう少しで船の外へと放り出されそうになる。慌てて胴を掴んでくれたのはナイアルだった。それでも竿をカイヤが掴んでくれていなかったら、先輩ごと川に落ちていただろう。

「くそっ！　こいつは……」

うめくようにカイヤが言う。

「セ、センパイ、くるし。あの……放してくださ……」

「うわっと！　わりぃ！」

ドロシーの胴に巻きついていたナイアルの腕が離れる。船の縁に掴まりながら、ようやく息をつき、自分の竿にかかった獲物を見ることができた。

しなる竿の先にピンと張った糸。その糸を、ちぎらんばかりに引いている魚の影が水の下にかすかに見える。

「大きい……」

「ありゃ百リジュはあるんじゃねえか」

漆黒の身体はクロディーンだ。だが、それまでに釣り上げたものよりも、ひとまわり、いやふたまわりは大きい。確かに百リジュはありそうだ。

そして引く力も段違いだった。

「くっ……。この、じゃじゃ馬め……」

竿の先が水面ぎりぎりまで下がっている。竿が折れないのが不思議なほど。

「やべえぞ、おい」

ナイアルがつぶやき、公爵の執事が「ああ！　船の下に！」と声を漏らした。

魚影がゆっくりと消えてゆく。船の下に潜り込もうとしているのだ。

このままだと竿が、
折れる！

「船を回すぞ！」

ナイアルが導力機関に飛びつきスイッチを入れた。かすかな震動とともに船を動かす導力が復活する。

「たの……む」

カイヤは声を出す余裕もないようだ。

ナイアルが船をほんのわずかずつ動かし舳を回転させてゆく。魚を船の真下から追い出しにかかった。その間もカイヤは竿を持つ手を緩めない。決して無理には引っ張ろうとせず、だが、魚に絶えず負荷をかけて弱らせていく。

船縁を掴むドロシーの手にもじわっと汗が滲む。心臓がどきどきと激しく鳴っていた。

——がんばれがんばれ！

あれだけ騒がしかった公爵も傍らの執事も息を呑んだままじっと見つめている。

じりじりと時が進む。魚との我慢比べだ。焦ったほうが負ける。だがカイヤは辛抱強かった。この勝負に絶対勝つつもりなのだ。失った自信を取り戻すために。

「ああ。橋が！」

執事の声にドロシーは顔を上げる。

見れば、ナイアルによってじりじりと動かされていた船が、もう少しで橋にぶつかりそうな位置にまで来ていた。身体を伏せれば、マストのない船だ、ぶつかりはしないだろうが——。

「くそっ……逃がすか……」

「カイヤさん、橋が！」

ちらりとカイヤも視線を走らせる。さすがに顔が歪んだ。

——もうすこし……。もうすこしなのに！

船に乗っていた全員が思っていたに違いない。ああここまでか、と。

もう船が——ぶつかる。


そのとき、時計台の鐘がひとつだけ鳴った。

それが合図だったかのように、大橋が中央から割れる。

「橋が上がる……」

南と北に設置された巻き上げ機が巨大な円筒を回し始め、絡みついた鋼の鎖を巻きとってゆく。

立ち上がっていたらぶつかるはずだった橋が空へと開いてゆく。

頭上を覆っていた黒い影に亀裂が走り、白い色に染まっていた空へと向かって広がっていった。自分たちを閉じ込めていた箱の蓋が開いていくかのようだった。

「さあ……。そろそろ観念しろ……よ」

カイヤの声にドロシーは我に返った。水面に視線を戻す。魚の影が濃い。水面まで上がってきたのだ。

鼻先が一瞬だけ水面に出た。丸い波紋が川面に幾重にもなって広がる。やった！　とドロシーが思った瞬間に、そいつは最後の抵抗をした。きびすを返し、ぐっと竿を引いて水底へ潜った！

はっとなって、一瞬、ドロシーは息が止まった。逃げられる！

だが、その動きをどうやらカイヤは読んでいたようだ。

「させる……か！」

ゆっくりとカイヤは竿を上げてゆく。

魚の影がふたたび見えてきて、水面に近づくにつれて流線型の体つきがはっきりとしてくる。

またもや鼻先が水の上に出た。そこでようやく魚は力尽きた。

釣り上げる最後の瞬間だけ、カイヤは竿を公爵に渡した。

「ゆっくり……ゆっくり上げてください。急にやると糸が切れます」

網を手に持ちながらカイヤが指示する。

「わ、判った」

「そうです、ゆっくり……」

水面上に魚の全身が出た。そこで一度だけ、びくっと魚が身体を曲げた。

「わ、わ、わわわ！」

「閣下！」

慌てて公爵の身体を抑えたのは執事のフィリップだ。そのおかげで公爵は転びはしなかったが、釣り上げた魚はぶらんこのように揺れて――。

音高く公爵の顔面にぶつかってきた。

「ふぎゃあ!」

びたん、とはっきり音がした。ドロシーは思わず顔をしかめてしまった。

――うわあ、痛いですよぅ……。

公爵は目を回してひっくり返った。

気づけば、船は橋を越えて川を遡っていた。朝日が昇っていて、通り過ぎた橋を照らしている。

ドロシーは半ば無意識のうちにカメラを構え、シャッターを切っていた。フレームを覗いたとき、天に刺すように跳ねている橋の先ほどに、キラリと小さく何かが光ったのが見えた。あれは……。

南北に開き切った橋を、もういちどカメラで覗く。

まるで祝福の万歳をしているみたいだった。

――うれしそうです!

釣り上げたクロディーンは一〇三リジュ。

上がり切った橋を背景にして、魚を抱えた公爵の記念撮影をする。

魚がぶつかった顔面は真っ赤に腫れたままだったけれど。それでも満面の笑みを浮かべてクロディーンを抱えていた。

デュナン公爵は最後に一言だけ「見事だったぞ」とカイヤに言った。どうやらいばってばかりの人物でもないようだ。

——でも、たぶん、写真は没ですね……。

それでも目的を達したので良しとしようとドロシーは思う。なにしろ、いっぺんにふたつも問題が解決したのだ。さて、ナイアル先輩に言っておかなくては。

## エピローグ

公爵と執事をホテルに届けてから、ドロシーの提案で、もう一度だけ船で橋に戻った。

ファインダー越しに覗いたときに見えた小さな光。

割れた橋の先に引っかかっていたそれは、ドロシーの予想した通り、ユミナが落としたペンダントだった。

「これを落としてしまって、ユミナさんはとっても悲しんでました」

そう伝えながら、降りてきた橋からナイアルに取ってもらったペンダントを渡す。

「ユミナが……」

「もう一度、あなたの手から渡してあげてくださいね」

カイヤが小さく頷いた。

ナイアル先輩が咳払いをひとつしてからカイヤに尋ねる。

「で、だ。どうよ。漁師はやめちまうのか？」

ゆっくりとカイヤは首を振った。

「いえ……。もう一度やり直します」

ドロシーも、ナイアルもほっと安堵の息をついた。

「まあ……そう言うだろうと思ったぜ。あれだけ嫌がってたわりに、本気で釣ろうとしてたからな。……何があった？　『見える』ようになったのか？」

解決したとはいえドロシーも気になっていたことではあった。

「いえ、まだ『見え』ませんけど……」

カイヤは船に積み込んでいた荷物の山から、布にくるまれた小さな包みをもってきた。ほどくと、お弁当箱が入っていた。

「今朝……ユミナが届けてくれたんです」

「えー！　朝って、だって……、あんなに早かったのに⁉」

驚いてしまう。ドロシーがまぶたをこすっていた頃より遥かに早く起きただけでなく、お弁当まで作ったっていうのだろうか。

「俺……。今までずっと魚が『見える』のが当たり前で。それができなくなることがあるなんて思ったことがなくて……」

　ぽつりぽつりとカイヤが語る。

「なんかショックで。このままだと、親父とかじいちゃんとかを追い越すなんて絶対無理だなって……。駄目だ勝てないとか、そんなことばかり考えてて。でも、あいつ——俺が魚を獲りに出るって、そう聞いただけで、こんなの作ってくれて」

「すごく喜んでいたでしょう?」

　カイヤが頷いた。その顔を見てドロシーの心もほっこりと温かくなった。

「だから俺、今できることだけでもやろうって……」

　よかった、とドロシーは心から思った。

「あー。待てよ」

　何かに気づいたようにナイアルが首を傾げる。

「ってことは、公爵殿が腹が減ったとか言ってたときも、いちおう船の中に食べられるものはあったわけだよな?」

　——そういえばそうだ。

「あいつにはこの弁当だけは食わせたくなかったんす」

　カイヤがぶっきらぼうに言った。

頬が少しだけ赤くなっていたのは、朝焼けのせいだけではないだろう。

お弁当箱を開くと、メインはライスボールだった。六個も入っている。釣りをしながらでも片手で食べられるようにだという。中身が山菜なのは海の幸ばかりを食べさせられて飽きていたカイヤの好物だからだそうだ。

ナイアルもドロシーもひとつずつわけてもらった。

船を元の桟橋へと返すと、カイヤと別れた。

カイヤはこれからまっすぐにペンダントを渡しに行くという。手を振って去ってゆく姿を見ながら、ドロシーは小さくつぶやく。

「結局、わたしたちが何かする前に解決しちゃってたんですねー」

「いんや。おまえだって役に立ったさ」

珍しくナイアル先輩がそんなことを言った。

「そーでしょうか」

「証拠がある。だからこそ、おまえはちゃんと報酬をもらったろ？」

ライスボールを握る手つきをしながら言った。

――ああ！

「確かに……」

次期国王候補の公爵さえありつけなかったシロモノなのだし。

それで、ドロシーの心も晴れやかになった。すっかり日が昇ったルーアンの朝の空気と同じくらいに。

青い空を背景にした白い街並みがきらきらと輝いて見える。

※

ドロシーはナイアルの書いた記事を抱えて王都に戻った。

しばらくして、お忍びで旅行中の公爵が巨大な魚を釣り上げたとの記事が、リベール通信のささやかな埋め草として掲載された。扱いの小ささに公爵はあまり喜ばなかったらしいし、結局ドロシーの写した写真は没になったけれど。

その写真——大物の魚と、釣り上げた公爵の後ろに立つ若き天才漁師の姿を映した一葉を、ドロシーはルーアンの街のひとりの少女の元へと送った。

喜んでくれるだろう人のところへ。

彼女は、その一枚から背景の人物だけを切り抜いて、結婚するまでずっと枕元に飾っていたそうである……。

# 第3話

# 思い出は色あせても

# 1

「いつも通りガラガラですねー」

店に思いっきり失礼なことを言ってから、ドロシーは奥の隅の席をひとつ陣取った。

注文を済ませると、腰のポシェットから買ったばかりの小さな結晶をテーブルに並べる。

ぜんぶで八つ。一セット分だ。

「さてっ、と……」

ひとつため息をついてから、親指と人差し指の間に挟み、その小さな結晶を天井から吊り下がっている導力灯の光にかざした。

虹色にきらめく結晶は感光クオーツと呼ばれる。たんなるクオーツではなくて、オーバルカメラで写した風景をこの中に記録することができる。

「こんな中に切り良く二百五十六枚分ですもんねぇ」

いったい、どうやって記録しているのだろう？

感光クオーツを眺めるたびに思うのだけれど、カメラマンでしかないドロシーには導力技術の理屈はさっぱりわからない。

「ん。傷は無いようです。これはオッケーっとぉ」

買うときに点検済みとはいえ念のためだ。右にある次の結晶を摘まんでは、明かりにかざして調べて左に置く。八つのクオーツを調べ終わったところで、胸元に『臨時』の縫い取りをつけたウェイトレスが食事を運んできた。

「ほら。うずまきパスタだよ！　こっちは黒胡椒のスープ。冷めないうちに食べな。伸びるとまずくなっちまうからね！」

「あ、はい。どうも」

「……声小さいね、あんた。顔色も疲れてるみたいだし」

「そ、そうでしょうか。あ、ありがとうございますー」

よし、と腰に手を当て、豊かな身体を揺らしてから、ドロシーより二十ほど年配のウェイトレスは厨房へと戻って行った。誰かを思い出すおおらかさと元気のよさだ。

「はあ……。ええと、いただきます、っと」

そう言いつつ、フォークをパスタに突き刺したところで動きを止める。

ドロシー・ハイアットは確かに疲れていた。

不安が心の内に込み上げてくる。

――果たして返していただけるんでしょうか？

思い返して憂鬱になってしまう。うずまきパスタをフォークに巻きつけたまま、ドロシーは呆けていた。そのまま何度も皿の上でるぐる回し続ける。

――もったいないですよぅ。

幾枚かの風景は二度と写せないものもあるのだ。

「もったいねえな」

「はい。もったいないんです」

「だったら食えよ……」

「はあ。確かにおいしい料理を写した場合などは、思わず食べてしまいたくなるものですけど、感光クオーツは食べられませんので」

「ちげーよ！」

ぽかっと、柔らかい何かで頭をはたかれた。

「あいた。――え？」

そこでようやくドロシーは視線を上げた。

見知った男の顔が目の前にあった。丸めた新聞で肩を叩きながら、

「よう」

「ナイアル……先輩？」

「おう。どうしたよ。いつにも増してぼうっとしやがって」

「む。失礼ですよぅ。先輩、それじゃ、わたしが普段からぼうっとしてるみたいじゃないですか」

「してる」

「す、少しは否定してください！」

「事実だからな。あと、そいつもったいねえぞ」

「へ？」

ナイアルが指で示した先に視線を動かす。フォークに絡ませたままぐるぐる回し続けたパスタからは、すっかり水気が抜けて、てろんと伸びてしまっていた。

「あー……」

口に入れてから大後悔。

「ふにゃふにゃします。おいしくないですー」

涙が出そうだ。薄給の身のゆいいつの楽しみが食事だというのに。

２

ドロシーがナイアルと待ち合わせに選んだその居酒屋は《フォーゲル》という名で、工房都市ツァイスの西側地区にあった。

ドロシーはパスタをなんとかたいらげて、冷めきったスープも飲み干した。ナイアルは、飛行船の中で夕食を済ませてしまったという。

「……なるほどな。カノーネ大尉に感光クオーツをぜんぶ取り上げられた、と」

「はい」

色々あったのだ。詳しくはどこかでゆっくりと話すとして、当面の問題は、感光クオーツを買い直したおかげで取材費が底を突きそうなことだ。慌てて王都の本社に連絡を入れたのだが、こうしてナイアル先輩が来たって事は……。

「追加支給が欲しけりゃ、記事を出せとさ」

「はあ……。やっぱりですか」

ナイアルが、ドロシーへの単なるお使いだけで街にやってきたとは思えなかった。薄々予感はしたのだけれど。

「記事……と申しましても～」

「文章は期待してねえよ。そっちは俺が書く」

「だから、クオーツは取り上げられてしまってですね」

「あのな」

ナイアルが頬杖をつきながら、ドロシーに諭すように言ってくる。

「何も展覧会で一席を取るような写真を出せなんて言ってねぇよ。ツァイスに来てから、あちこち見て回ったんだろ？　写真は残ってなくても、気に入った風景のひとつやふたつあるだろ？」

「あ、それはもう色々」

「その、覚えてるやつの中から、適当なところにもう一度行って……」

「写真に撮ったところなら覚えてますけど、ぜんぶ」

そう返したら、ナイアル先輩が変な顔をした。目を細めながら、ドロシーのほうに疑うような視線を投げて、

「は？　おまえ、何言ってやがるんだ？　今までいったい何枚撮ったんだよ。千とか万とかじゃきかないだろ？」

「クオーツひとつで二百五十六枚です。八つで一セットで、ええと……二〇四八枚かな。リベール通信社に入って、これが十セット目ですから、そうですね、約二万くらいでしょうか。先輩、正解！　さすがですー！」

「そりゃどうも──じゃねえよ！　それぜんぶ」

「覚えてます、けど」

「景色なんて似たり寄ったりじゃねえか、そこまでしっかり覚えてるわけ──」

「いえ」

すこし声が強くなったので、ナイアル先輩が言葉を止めた。

「わたし、どうでもいい風景なんて撮ったことがないので」

「──っ！」

絶句された。

──そんなに変なことを言っただろうか？

「証明しろと言われても困っちゃいますけどねー」

ドロシーは今までに写した二万枚近くのすべての風景を一枚残らず細部まで思い出すことができたが、それを伝える術は持たない。話して聞かせることも、絵に描いてみせることもできない。

それができたら、カメラマンになどなっていないだろう。

「相変わらず、写真のことになるととんでもねえな……」

「そーでしょうか?」

「まあ、そのことは置いておいてだ。ツァイスの記事が欲しいんだから、こっちに来てからでいいんだよ。特集記事に使えそうな写真のネタを探しておけって言ったろ!」

「あー。そうでしたそうでした」

「忘れてたのかよ!?」

「いえいえ。ちゃんと喉元まで出かかったところに覚えておきましたとも」

「忘れてたんだな……」

「あっ、そうか。思い出しましたー」

「いい景色があったか?」

「いえ、そっちの話ではなく」

先ほどのウェイトレスのおば――おねえさん。会話をしていて何か覚えのある感覚がしたと思ったのだ。温泉の女将さんを思い出したからだ。

「温泉？」

「はい。わたし、取材の拠点に温泉宿に泊まりまして」

「ほう？」

「ご飯もおいしくて、東方風の造りの内装も素敵でした～。ゆったりのんびりの露天風呂なんですよぅ。湯上りのフルーツ牛乳がこれまた最高なんです！」

「いいねえ。詳しく聞かせてみろよ」

と、先輩記者に促されて、ドロシーは記憶をさらい始めた。

３

ツァイスの南にある旅館《紅葉亭》。

そこにはとても元気のよい女将さんと風情のある温泉があった。

撮影旅行の拠点にするにはとてもよいところ。

「で、荷物を置いてからカメラを持って街道を戻ったんですけど。街道沿いには、こうピンとくるような景色がなくてですねー。平原道から外れてネタを探していたところ、実はちょっと野犬に食べられそうになりまして」

ガタッ、とナイアルが椅子から腰を浮かせて、驚いた顔になった。

「お、おまえ――」

「あ、だいじょうぶです。というか、だいじょうぶじゃなかったら、わたし、ここにいませんってば。今頃ワンちゃんのお腹の中ですー」

「お、おう。そうか。そうだよな……って、やめろよ、想像しちまうだろ」

「はあ」

「まあ、助かったんなら良かったけどな」

「偶然ってあるんですねー。通りかかったエステルちゃんたちに助けられまして」

「あの見習い遊撃士コンビにか？」

はい、と頷く。

すっかり馴染みになった遊撃士のふたり、エステルとヨシュアは、ティータという少女とともに、《紅葉亭》のポンプの修理をするためにツァイスの街から宿にやってきたのだ。

「あいつらもここにいるのか……」

「不思議な縁ですよねー」

修理道具を持って旅館に着いたエステルたちは、女将さんから頼まれて、ドロシーを迎えに来てくれたというわけだった。

「間一髪でした」

「まあ……おまえさんがどうにかなるとかちっとも思ってはいなかったけどな」

「それにしては焦っていたようですが」

「ちげーよ。犬が腹を壊さねーか心配したんだよ！」

「むっ、失敬な。それはないですよぅ。先輩だって、常日頃から言ってるじゃないですか」

「へ……？　俺なにか言ってたか？」

「おまえは天然だって。そこらの加工品より新鮮ってことでしょう？　おなかを壊すなんてそんな……」

「天然の意味がちげぇ……」

ナイアルが、げっそりとした顔になってため息をついた。

ドロシーは先輩記者の顔を見返しつつ――いえ、そこまで本気に呆れられると今さら冗談でしたと言いにくいのですが――旅館の女将さんのことを思い返していた。

いつもニコニコしていて、大きな声で、旅館に泊まるひとりひとりに対して、とても丁寧で思いやりあふれた応対をしてくれた。

それなのに、満足にお礼も言えずにツァイスに戻ってきてしまった。

あのときは出発してしまったエステルたちを追いかけるのに夢中だったのだ。

――心配かけてしまったんですよねぇ。

「何かお礼をしたいですねぇ……」

ドロシーのつぶやきを聞き取ったナイアルが「何がだ?」と尋ねてくる。

相変わらずだ、とドロシーは思う。

ほんとに大事なときには、このひとは聞き逃したりしないのだ。

「実はですね……」

ドロシーは旅館《紅葉亭》の女将さんについて話して聞かせる。

世話になったこと。心配をかけてしまったのに、ロクに礼も言えなかったこと。

「なるほどな」

「いちおうお詫びを言って、お礼をしようとしたんですけど……。『あんたが無事だったんだからそれで充分さ。別にいいよ』と。その言葉に甘えてしまった格好なんですけれど」

「今になってみると、もっと何かできないかって思えてきたわけだな?」

「はい」

ナイアルの言うとおりなのだった。

「じゃ、聞いてみるか」

と、椅子から腰を浮かせながらナイアルが言った。

勘定をテーブルに置きながら——珍しいことにおごってくれるらしい——どこかに行こうとする。

ドロシーは慌てて追いかける。

「ちょ、ちょっとセンパイ！」

居酒屋の扉を開けて出るナイアルに息を切らしながら追いついた。

「き、聞いてみるって？」

「その女将さんにだよ。もう一回聞いてみりゃいいだろ。お礼をしたいのですが、何か欲しいものはありませんか、ってな」

「これから旅館まで行く気ですか⁉」

「バカ。もう夜になるぞ。街道を歩いたって夜の旅は俺たちだけじゃ無謀だ。文明の利器に頼りゃいいだろが」

「あ……」

言われて思い出した。

そういえば、あの旅館には導力利用の通信器があったはず。

遊撃士協会か、中央工房あたりの通信器を借りれば連絡が付けられるのではないだろうか。

そうか、その手があった。でも――。

「あの……でも、通信器って、確かミラが……」

「経費だ、経費」

「け――」

「そうなるはずだ。俺が立て替えてやるよ。まあ、やってみりゃわかる。どうせ、おまえのできるお礼なんて決まってるんだからな」

――はて、どういうことでしょう？

4

中央工房の通信器を借りて、《紅葉亭》の女将、マオ婆さんと話ができた。

最初はお礼なんていいいと断り続けたマオだったが、ドロシーの熱心さに負けたらしく。

そうだねぇ。前から思ってたんだけどさ、と前置きをしてから、ドロシーに告げた。

通話を終えてからナイアルに伝える。

「旅館に泊まってくれたお客さんに、宿泊の記念になるものをあげたいけれど、何にしたらよいか悩んでいる。何かいいものを思いついたら教えてくれ――だそうです。お礼ならそれでいいって」

ナイアルは、予想通りという顔をしながら、ドロシーに向かってにやりと笑う。

「先輩……何か思いついてます？」

「ああ。おまえ、得意だろ。そーゆーの」

さっぱり判らない。

「ヒ、ヒントください。ヒント！」

「すこしは自分の頭で考えやがれ！」

「ひーん。わたしの得意なことですかぁ？　うーんうーん。でも、わたしが少しでも得手なことって写真くらいで……写真、ですかぁ？」

「そう、それ」

「あ、わかりました！」

「そいつでいこう！」

「温泉旅館で湯煙りナイアル先輩の水着ブロマイドです！」

「ちげーよ！」

　絶叫レベルで叫びながら、ぺし、と頭をはたかれた。

　工房内で大声を出したものだから、まわりの技師たちからも睨まれた。気まずい。

　そそくさと工房から立ち去りつつ、

「冗談ですよぅ」

「おまえのは冗談に聞こえねーんだよ！」

「はあ。じゃあ、あのええと、記念写真……ですね？」

「そのあたりだろ。最近じゃ、写真をそのまま通信紙にするって商売もあるらしーぜ。表が風景とかの写真で、裏にメッセージを書けるとかいう」

　ポストカードのことだ。

なるほど、とドロシーは思う。女将さんはツァイス地方の旅行者に思い出になる品を渡したいわけだから、ツァイス地方の風景写真をカードにしたら、ぴったりなのではないだろうか。

「記憶の中の思い出はいつか色あせる。けど、感光クオーツに刻まれた風景は残る」

「はあ」

「色あせない思い出を切り抜いてみせるのは、おまえ得意だろ？」

「得意、なんでしょうか？　できるかなー」

「できるかどうかはどうでもいいんだよ。やるかやらないかって話だ」

「…………やります」

ドロシーは心の中でもう選んでいた。他の選択肢はない。

ナイアルだって判っていたのだろう。よし、と頷くと、丸めた新聞でドロシーの頭を今度は軽くぽんと叩いた。元気づけるように。

「明日から、おまえはツァイスの絶景写真を撮る。おれはその様子を記事に書く。ほれ。これで仕事になったろ。通信費の元は取れるぜ」

「先輩。その最後の台詞でイロイロ台無しですよぅ」

「俺だって、イロイロ忙しいんだよ！　さっさと今追っかけてる事件に戻りてぇんだ」

「お世話になります」

「じゃ、明日から出るぞ。で、どこ行く？」

「そうですね……。やっぱり旅館に近いところの絵がいいと思うんですけど」

明くる日。ドロシーとナイアルはトラット平原道を南へと歩いていた。

温泉宿のあるエルモ村を目指しつつ、少しでも良い風景を探すために。

だが――。

街道から撮れる風景というのは、ようするに旅人ならば誰でも見れる風景であって、いまいちドロシーの心に響かない。

「まあ、だからこそあのときも、ちょっと離れた森のほうまで歩いてみたんですけど」

「だめだ」

ナイアルがにべもなく首を振った。

お互いに旅人として最低限の装備と荷物を整えての道のりとはいえ、街道を外れればそこは魔獣の行き交う地なのだ。危険すぎる。ましてやドロシーは一度野犬に絡まれている。

ナイアルが慎重になるのも仕方ないだろう。

遊撃士の護衛でもいれば別だったが……。

「とはいえ……これはどうにも」

「どこが気に入らねーんだ？　いい景色だと思うがな」

トラット平原は起伏もなめらかで緑豊かな地だ。ときおり左右に森を抱く丘が見えるものの、エルモ村までの道には障害になるようなところもない。

平原のそこそこで、色鮮やかな野の花が自然の花畑を作っていた。

「風も気持ちいいし。のんびり歩くにはもってこいのところだよなぁ」

「でも、……トラット平原ならでは、って感じではないかと」

ドロシーが言うと、ナイアルは納得したとばかりに頷いた。

「なるほど。確かにどこにでもありそうな風景っちゃぁ、風景だわな」

「ですよねー」

何か、トラット平原ならではの個性が写真に欲しいのだ。

そうすれば、この地方に来た旅行者にとって得難い思い出の品となるだろう。

けれど——ツァイス地方の名物っていったい何だろう？

考えこみながら歩いていたら、どきりと心臓が跳ねた。

びっくりして驚いた理由を思い返し、直後に理解した。

声が聞こえたからだ。


キエィ！　エヤア！　トゥ！

そんな感じの叫び声がほら聞こえてくる。叫び声というか、掛け声だ。

近くの森の中からだった。

「なんだあ？」

「先輩、行ってみましょうよ」

「お、おい！」

いちおうは止めるポーズを取ったものの、結局、ナイアルもドロシーの後をついてくる。最後は好奇心が勝つのが、記者であり、カメラマンなのだから。

用心しつつも森に分け入り、そうして声の聞こえるほうへと歩いて行って、ドロシーは開けた草地で行われている戦いの現場に到着した。

見たことがある男が白い獣と戦っていた。

5

おりしも日は中天にあり——。

輝く日差しが丸く開けた草地の緑を輝かせている。

男のほうは熊のように大きな体格をしていた。東方風の胴衣を羽織り、こちらに背を向けてやや腰を落として構えている。武器らしきものは持っていない。

「格闘家か……」

ぼそりとナイアルがつぶやいた。おそらくそうなのだろう。ドロシーはこの男とすれちがったことがあるのだけれど、そのときエステルが言っていた。かなりの武術の腕があるようだ、と。そのエステルがいた。

ヨシュアとともに、熊のような男を遠巻きにしている。向こうもドロシーたちに気づいたようで、こちらをちらりと見て、軽く手を振ってから視線を戻した。

「あっちの妙な野郎はなんだ……」

「ヒツジンですねー」

熊のような男と対峙して睨みあっているのはヒツジンと呼ばれる魔獣だった。

見た目が羊とそっくりなためにそう呼ばれる。

もこもこした白い毛並みも、頭の左右に生えた曲がった角も羊と変わらない。つぶらな黒い目をしているので、黙っていれば可愛らしい生き物だった。

だが、こう見えてヒツジンは好戦的なのだ。

二本の後ろ脚で立ち、二本の腕、というかひづめを武器にして襲ってくる。

ヒツジンは、トラット平原ではありふれた魔獣であるため、ドロシーも何度か遠目で見たことがあるのだが、目の前の白いヒツジンはかなり大きいほうだ。

熊のような男に負けていない。

過去の激しい戦いを物語るように右の角が半ばほどで不自然に折れていた。

涼やかな風が吹いた。

梢がさやさやと音を立て、ふたり――男とヒツジンの間に、木の葉が一枚、はらりと舞って過ぎていった。

それが合図だったかのように両者が動いた。

一気に双方が間合いを詰める。

裂ぱくの気合とともに、男の両腕がヒツジンの身体に向かって何度も動く。

速すぎて目で追えないほどだ。

だが、ヒツジンも負けてはいない。同じくらいの速さでひづめを繰り出している。

バシッ、バシシッ、と打撃の音が掛け声とともに空気を震わせる。

拳をひづめで防ぎ、ひづめを拳で防ぐというハイレベルの攻防だ。両者とも、何度も打撃を繰り出しているのに、わずかのところで身体に当てさせていない。

「セセセ、センパイ！」

「互角、か……」

ナイアルの言葉とともに、両者がふたたび間合いを広げた。

「お前さん、やるねぇ……」

男の低い声のつぶやきが風に乗って聞こえてくる。

ヒツジンのほうも、何かつぶやいたようだ。さすがにドロシーでは何と言ったかわからない。

そもそも、言葉を話すのかわからないし。

片角のヒツジンがドロシーたちのほうをちらりと見た。

くるりと背中を向ける。

そのまま去っていった。

誰も追わない。

「ヨシュアくん、エステルちゃん、ええと、それから……熊さん！」

ナイアルとともに駆け寄りながら声をかける。

熊のような男が振り返り、ドロシーを見て言った。

「おいおい誰が熊だって……ああ、あんたか。たしか、前にもこのあたりであったな。このふたりと一緒にいたお嬢ちゃんだ」

「はい。ドロシー・ハイアットですよ～」

「ドロシー、どうしたのよこんなところで。また道に迷ったとか」

「エステルちゃん……またって……」

あのときだって撮影場所を探していただけで道に迷っていたわけではないのだが。

「ヒツジンとかいうあの魔獣、逃がしてよかったのか？」

ナイアルが尋ねて、熊のような男がにやりと笑みを浮かべて言った。

「ああ。問題ない。襲われていたわけじゃなく、稽古をつけていただけだからな」

答えを聞いて、ぽかんとナイアルが口を開けた。ドロシーだって、同じだった。稽古だって？

ドロシーたちの様子を見て、ヨシュアが苦笑しつつ提案してくる。

「まあ、こんなところで立ち話もなんですから、場所を移しませんか？」

ヨシュアくんってば、気配り上手は変わってないな、とドロシーは場違いな感想を持ってしまった。

## 6

街道から少しはずれた木陰でドロシーたちは少し遅い昼食を取ることになった。

エステルたちも食事はまだだったようで、釣った魚を焼き、清水を沸かして簡単なスープを作る。ドロシーたちは街を出たばかりだったのでお弁当を持っていた。それをエステルたちと分け合う。

「はい。にがトマトサンドをおひとつどうぞー」

「これ結構苦いのよねー」

「でも栄養たっぷり……だそうですよぅ」

「うー。苦いよう！」

「無理しなくてもいいいんじゃない？　エステルが好きな食べ物って、オムレツとかハンバーグとか、基本的に子ども向けのものばかりだから、こういう苦みの効いた大人向けの料理は合わないと思うよ」

「……む。何よ、あたしが大人の味を理解できないっての⁉　に、にがトマトのひとつやふたつ、このエステルさんにかかればイチコロよ！　えいっ！」

がぶりと大きく噛みついて、涙をぽろぽろ流すのだった。

「……だから無理しなくていいって言ったのに……」

「うー」

——どっちが年上なのやら……。

ドロシーはこっそり微笑んでしまう。

涙目を隠しながら無理やり食べるエステルと呆れ顔のヨシュアに、相変わらずだなと懐かしいものを感じてしまう。それでも、ふたりとも最初に会った頃と少し雰囲気が違ってきている気がした。仲の良い姉弟だとは思っていたが、なんとなくそれ以上のつながりのようなものを感じる……。

その間に、ナイアルと熊男も互いに挨拶をしていたようだ。

「ジン・ヴァセック……って、あの共和国を代表する遊撃士、《不動》のジンじゃねーか‼」

「有名かどうかはわからんが、遊撃士ではあるな」

「熊さんじゃなかったんですねー」

そりゃそうだろうと、今度はドロシーがナイアルに呆れられた。

それからお互いに近況を報告しあった。

明るく振る舞ってはいるものの、エステルとヨシュアが立て続けに事件に巻き込まれている最中なことをドロシーは知った。それもどうやら、オーブメント絡みの事件らしい。詳しいことは話してくれなかったが。

ナイアルは関心を示したが、エステルたちの口が堅いことを見てとると諦めたようだ。

もとより無理強いするような性格でもない。

話題は先ほどの魔獣との戦いになった。

「旅の途中だったが噂の御仁と手合せしたくなってな。無理を言って寄ってもらった」

「街道沿いの旅人の間で有名になってるんだって。ツァイスのホテルで聞いたんだけどね」

エステルが話の補足をしてくれる。

「はあ。格闘家のヒツジンさんですかぁ……」

ようするに、こういうことらしかった。

トラット平原のヒツジンの中に格闘好きな一族がいるらしい。そしてその一族の中で、あの片角のヒツジンは、他の仲間たちの倍ほども大きく、力ももっとも強いという。

「俺も武術家のはしくれだからな。一番強いと聞いて居ても立ってもいられなくなった。なんとしても手合せしてみたくなった」

「強い奴に会いたくて、こんな森の中にまで来てたってのか?」

「ああ。おかしいか?」

「……おかしいっちゃ、端から端までおかしい気もするが、まあ、そもそも格闘家なんてのはおかしなやつらばっかりだからなぁ」

「ちょっと待ちなさいよナイアル! それはゼムリア中の武術家に対する挑戦と受け取るわよ!」

「エステル、少し落ち着いて……」

「ヨシュアは黙ってなさい! ナイアルってば、あたしの事もおかしいって言ってるんだから!」

「……うんまあ」

「おかしいだろ」

「おかしいですねー」

「まあ、お嬢ちゃんがふつうじゃないことは俺も認めざるをえんな」

「あんですってぇぇえーーーーー!」

激昂するエステルをヨシュアがなだめる。それをしり目に、ナイアルが重ねてジンに尋ねたところによれば、確かにあのヒツジンは極めて強かったらしい。

おそらくはそれなりの激しい稽古を重ねているはずだと言った。

「あやつは武の道を志すものと同じ瞳をしていた。肩慣らしのつもりだったがな。つい本気になっちまった。拳を打ち合わせた今、あいつはもう俺の強敵《とも》だ」

きっぱりとジンが言って、肉体言語が苦手なナイアルが「そ、そうか」と若干ひきつりながら頷いていた。

格闘家理論は種族の差まで飛び越えてしまうらしい。

——にしても、ヒツジンと友情を結んでしまうとは。このジンという男の人はただものではない気がします。

「あ」

ドロシーは思わず声に出してしまった。

——思いついた！

ヒツジンといえば、トラット平原やリッター街道で多く見かける魔獣だ。

つまり、この地方の名物と言っていい。

確かに好戦的でおっかない魔獣として知られるものの、見た目だけは愛らしく可愛いことでも有名だった。そして、あのヒツジンは……、このジンさんのトモダチだという。

——こ、これは使えるのではないでしょうか！

「あ、あのぉ～。熊のジンさん」

「熊じゃないが、なんだい？　お嬢ちゃん」

「じゃあ、熊じゃないジンさん。あのですねー」

「おう」

あのヒツジンが本当にジンの言うとおり、たんなる魔獣ではなく、近寄っても平気なヒツジンであるならば……。

もしかして、世にも珍しいヒツジンの全身写真が撮れるのではないか。

ドロシーはそう思ったのだ。

ヒツジンの全身ブロマイド、ツァイスの風景つき。それならば充分にツァイス地方ならではの思い出と言えるかも……。

「ちょっとしたお願いがあるのですが、聞いていただけないでしょうか……」

いい案に思えたのだ。そのときは。

7

けれども――。

理由を話してジンの協力を取りつけることには成功したものの……。

肝心のヒツジンに出会えなくては計画も絵に描いた餅だった。

西空に傾きつつあるお日様を見てジンが「では、明日だな」と言った。

「はい……」

「済まねえな、こいつのわがままにつきあってもらって」

「なに。人の助けになるのが遊撃士の役目だ」

「ごめんね。あたしたちも用事がまだ終わってなくて」

「いいんだよ、エステルちゃん。あたしこそ、無理言ってごめんなさいだよー」

トラット平原道の分かれ道に立って、ドロシーたちは互いに頭を下げあった。

昼食後に、ドロシーたちはあの片角のヒツジンを探して街道沿いの森をうろうろと歩き回ったのだが、出会うのはふつうのヒツジンばかりだった。

ふつうのヒツジンは写真を撮らせてくれるどころではない。

血気盛んで問答無用に襲い掛かってくる。

幸い、こちらには遊撃士が三人もいたから、ケガのひとつもすることもなく撃退できたものの、ドロシーの望むような写真は撮れずじまい。

時間ばかりが過ぎ。そしてエステルたちとて、そこまで暇ではない。

さすがにこれ以上は付き合わせるのも悪くて……。

「俺だけちょいと抜けて、明日もここまで来る。まあ、夜には戻って合流するってことでいいか？

エステル、ヨシュア」

ジンだけは、そう言って、明日、もういちどドロシーたちに付き合ってくれると約束してくれたのだ。

「僕たちもお手伝いをしたいところなんですが……」

「いや、その時間があったら、お前さんたちはツァイスに戻っていたほうがいい。だろ？」

「うーん、それはそうだけど……」

「エステルちゃん、そうしてくれていいよ」

「そうそう。そこまで甘えられねーからな。ほんとは俺たちだけで済ませなきゃいけないところだ」

ナイアルもそう言った。もっともだ。

それにしても付き合ってくれるというジンさんにはすごく感謝してしまう。

——いい人だなぁ。

「あの、あまりたいしたお礼できそうもないですけどぉ」

「なに気にするな。俺もあいつとはまだまだやりあってみたいしな」

「ジンさん、強い相手が大好きなのよねー。男の子ってみんなそうなのかな？」

言ったエステルだったが、ふと、隣のヨシュアを見て、

「そうでもないか」

「……それは喜んでいいのか、男としては悲しむべきところなのか迷うところだね」

「ヨシュアらしいって言ってるんだってば！」

「……まあいいけど」

別れる直前にも相変わらずのやりとりだ。思わず心がほっこりしてしまう。

「じゃあ、あの……ジンさん、明日もよろしくお願いします」

ドロシーは最後にもういちどだけ頭を下げる。

「おう。任せておけ」

別れてからエステルたちは東に向かって歩いて行った。ヴォルフ砦のほうだ。どんな用事があるのかまでは聞いていない。

ドロシーとナイアルは南へ。

今夜は《紅葉亭》に泊まることになっている。急げば日が暮れる前に到着できる。

黄金色に染まりつつある平原道をドロシーたちは進んだ。

真っ赤なお日様が丘の向こうにゆっくりと降りてゆく。

昼の暑さは和らぎ、黄昏時の爽やかな風が草を寝かし、髪を揺らして通り過ぎてゆく。風の流れに合わせて動いてゆく草波の縞模様がきれいだった。

エルモ村が見えてきて、《紅葉亭》に着いた。

わずか数日前に来たばかりだというのに何故か懐かしい。

入口をくぐると、マオ婆さんが大喜びで迎えてくれた。

宿泊手続きをしながら話す。

「あの……、昨日のお電話で言っていたお礼ですけれど」

「おや。そんなに無理しなくていいんだよ。思いつかなかったら、そのまま忘れておくれ。なあに、思い出の品なんてなくたって、この旅館に泊まってくれたひとたちが『ああ、いい湯だった』って言ってくれたら、あたしゃそれで充分だよ！」

「あ、いえ。その……思いついたのは思いついたんです、けど」

写真を提供するから、ポストカードにしてはどうか、と伝える。

マオ婆さんは驚いた顔をしてから、にっこりとほほ笑んだ。

「そりゃあいい案だね。あんたの撮った写真、見てみたいと思ってたんだ」

「今日はまだ撮れてないんですけどぉ」

「そんな顔しないでいいよ。のんびりやってくれたらいいさ。ほら、温泉にでも入って温まっていっておくれ。ここは疲れを癒すところだからね！」

おっきな声で言った。

「じゃ、ひと風呂、浴びさせてもらうかな」

ナイアルが遠慮なく言った。

ふたりして荷物を部屋に預けてから温泉に向かう。長い廊下は、東方風にすべて木の板でできていて、足の裏に心地よい。心が落ち着くっていうのかな。

「あ、ナイアル先輩」

　風呂の入り口が見えてきたところで、ひとつ思い出した。

「ん？　なんだよ」

「あの……奥に露天風呂があるんですけれど」

「おう。言ってたな。楽しみだぜ」

「どちらが先に入るか決めましょう。さあ、勝負です！」

　右手を前に出して、拳を見せる。手で、石と紙とハサミを作って、勝ち負けを決める子どもから大人までできる公平な勝負だ。

「ちょ、ちょっと待て、おい！　なんで勝負だよ！」

「そうしないと一緒に入ることになります」

「…………へ？」

「ここの露天、混浴なんですよー。いえ、先輩と後輩と言えば家族も同然。気にしないといえば気にしないのではありますが、いちおう先輩を先にするのが礼儀という気もしますし。とまあ、ごちゃごちゃ考えるよりは、さあ、勝負！」

　ドロシーの言葉がナイアルの耳にようやく届いたところで、ものすごい勢いでナイアルの顔が明後日のほうを向いた。

「さ、先に入りゃいいだろ、先に！」

「いいんですか？」

「好きにしろ！」

怒った声で言われて、ドロシーは首を傾げた。はて、何か怒られるようなことをしたでしょうか、と。だが、鼻をくすぐる硫黄の匂いに気づくと、浮かんだ疑問も文字通りに雲散霧消してしまった。

温泉だ！

そして、湯上りはフルーツ牛乳だ！

「では、センパイ、遠慮なく～」

「お、おう」

まだあっちのほうを向いているナイアルを残して、ドロシーは東方風の布のカーテンをくぐって脱衣所に入る。幸い、他の客は来ていない。ということは、今ならば露天のほうも貸切ということだ。

「これはらっきーですよ～」

あっという間に衣服を脱ぐと、外へと続く扉をくぐる。

外気にさらされて、身体がぶるっと震える。明かりがあるから足下は辛うじて見えるものの、空はもう真っ黒だった。明るい星が見えている。

洗い場でざっと身体を流してから露天風呂に飛び込む。

飛び散る湯が周りに生えた草を濡らした。

じん、と湯の熱さに肌がしびれたようになる。それも一瞬のこと。すぐに身体全体が緩んでくる。

「はああああああ」

思わず長く息をついていた。

「女神さま。われらに温泉を与えてくださいましてありがとうございますぅ」

思わずお祈りまでしてしまう。


肩までつかって、一から数えて百まで。

身体の芯まであったまるべく数を数えて、九十八まできたところで。

ドロシーの耳がわずかな音を捉えた。

がさがさ、と葉擦れの音が聞こえた。

振り返る。

闇に目をこらして、その奥を見透かそうとした。

「だ、だれ……か、そこにいますかあ？」

声をかけてみる。

何も返ってこなかった。その代り……。

「これ……血の匂い？」
ぞくりと肌が粟立つ。いったい、これは……。
「もーし。誰かいるんですか。あの、応えてくれないと、人を呼んじゃいますよぅ」
洗い布を身体に巻きつけ、そう言った。
何も返ってこない。
血の匂いも消えなかった。
かすかに呻き声のようなものが聞こえてきて、ドロシーは決意する。
――ちょっとだけ、様子を……。
湯船からあがり、音のしたほう、宿の外とを隔てる木立のほうへと歩いてゆき。
ドロシーはそこに倒れている人影を見つけた。
いや――ちがう。
人と良く似た姿形をしているが人ではない。
かすかに漏れてくる明かりの中、その者の姿が辛うじて見て取れる。
全身がもこもこした白い毛で覆われていた。
頭の両側に丸まった角。片方は半ばで折れていた。
「こ、このかたは……！」
身体の下から地面へと黒い液体が広がっている。

――血だ！

倒れていたのは、全身に大怪我を負った格闘家ヒツジンだったのだ！

８

ドロシーは辛うじて悲鳴を呑み込んだ。

とっさの判断だったけれど正解だったと思う。叫んでいたら、宿をひっくり返す騒ぎになっていたはず。

ここは外庭に造られた露天風呂。

確かに木の柵の向こうは森となっていて、裏山へと繋がっているのだけど……。

薄い板張りだけの境とはいえ、目の前で倒れている魔獣はいったいどうやって入ってきたものやら。

だが現に片角のヒツジンは血まみれとなって数歩先に倒れているのだ。

口許に当てていた手をドロシーはゆっくりと胸元へと下ろす。

一歩ずつ。

倒れている片角のヒツジンに近寄る。

ヒツジンがかすかに目を開けた。

——あう。

足が止まってしまう。ひやりと背筋が冷えた。ここで飛び掛ってこられたら、とてもじゃないけれど助からない。相手は魔獣にして凄腕の格闘家で、ドロシーは薄い洗い布一枚を身体に巻きつけただけの姿なのだ。

ヒツジンは黒目がちの瞳でドロシーを見つめてきて、かすかに頭を起こそうとした。けれども、一度は開いた瞳が力なくふたたび閉じられてしまう。

「大変です……」

最後の距離を駆け寄って、ヒツジンの身体を確かめる。全身に傷をおっていて、いまだに血が止まっていない。

止血が必要だ。

「乾いた布！」

それと薬草だ。確か、旅行用の応急手当のセットが旅行鞄の中にあったはず。

人間用だけど。

この際、そんな些細なことを気にしてる場合じゃない。

相手は同じ二足歩行の生き物なのだし、ジンさんと戦ったほどの格闘家だし、人間用の薬だって効くかもしれないじゃないか。たぶん。

「待っててください。いま、お薬とってきます！」

押し殺した声でそう言って、ドロシーは踵を返した。

身体をくるんでいた洗い布を魔獣に掛けていかないだけの落ち着きは残っていた。恥ずかしいから、ではない。濡れた布が風に当たると水気を失い急激に熱を奪うのだ。

けれど、薄い布一枚でも身体をくるんでいたのが、安心感に繋がって、それが返って仇になったのかもしれない。

それとも、思った以上に動転していたか。

洗い場を越えて、脱衣所を越えて、東方風の布のカーテン越しに「センパイ！」と叫んだ。

切羽詰った声に、ナイアル・バーンズが慌てて飛び出てくる。

「どうし――なっ！」

「へ？　あ！」

洗い布一枚で身体をくるんだだけ、濡れた髪のまま廊下でドロシーは「しまったぁ」と思わず声をあげてしまう。

ドロシーの姿に驚いてすっころんだナイアルが後頭部を床で強打した。

目を回している。

――無駄に怪我人を増やしてしまいました……。

# 9

露天風呂は男湯からも女湯からも繋がっている。

それが幸いした。ドロシーは応急手当のセットを部屋から持ってきて、裏庭のここでナイアルと待ち合わせた。

傷ついているとはいえ、さすがに魔獣を宿の中に運ぶわけにもいかなかったからだ。さりとて、ドロシーにはそのままヒツジンを見捨てることもできなかった。

毛についた血をぬぐってやり、傷痕を水で洗い流す。ひどかったのがお腹の傷で、深く、えぐれたようになっており、麻酔などない中で、ナイアルが裁縫用の糸と針を使って縫い合わせなくてはならなかった。

ろくな明かりもない中で。

——先輩、お針子になれます！　すごい器用。

痛かったろうに、ヒツジンは時折りうめき声をあげるだけで我慢した。

「こいつは獣と戦った傷だな」

ナイアルが言った。

「獣、ですか」

「でかい角でひとつき、ってところだ。《不動のジン》と互角に戦った奴をここまで手ひどく痛めつける獣ってのが気になるが。大型の魔獣あたりか。っと、よし！ おい、布！」

「は、はい！」

縫い合わせている間にも滲み出ていた血を乾いた清潔な布でぬぐう。《紅葉亭》の飾り文字が躍る東方風の拭き布がたちまち血で染まってしまった。

――これは洗って落ちるでしょうか……。

手持ちの布は尽きてしまったから仕方ないが、買い取らないと女将さんに申し訳ない気がする。

傷に効く軟膏を塗ってやり、薬草を貼り付けたまま包帯を巻く。

もこもこした毛並みが邪魔をするところは、可哀想だがいくらか毛を刈り取らなければならなかった。羊という動物は毛を刈ると、とても情けない姿になる……。いやこれは羊じゃなくて、ヒツジンだけど。

ひととおりの手当てが済むと、ナイアルとふたりがかりで抱えあげて、やわらかい草地の上に寝かせた。

ヒツジンは黙ってされるがままになっていた。

「もう、暴れませんね……」

「覚悟したってことだろうな」

声を潜めて語り合う。

ナイアルを連れてドロシーが戻ってきたとき、片角のヒツジンは警戒したのだろう。最初は近づこうとするふたりを追い払うような仕草をしたのだ。

懸命にやわらかい声を出してなだめた。

言葉が通じたとは思えない。力尽きたのだ。両腕を振り回していたヒツジンだったが、ひと声大きく唸ってから、がっくりと力を抜いた。

で——応急手当へとこぎつけたわけだ。

今は目を閉じて黙ったまま寝ている。少し、呼吸も穏やかになったような気が、する。

「まあ、今夜が峠ってやつだな。血はなんとか止まったみてえだし、朝までひどくならなけりゃ、命は助かる」

「よかったですよぅ」

——ひと安心です。

ほっと安堵の息をついた。

それにしても……。

「どうして、こんなところに逃げて来たんでしょう」

周りが森だとはいえ、ここは村の中だ。つまり人里だ。魔獣といえども、傷ついている身体では近寄りたくないだろうに。

「匂いだな」

「……へ？」

「この腐った卵みてぇな匂いだよ」

「……温泉の？」

　そうだ、とナイアルが頷く。

「どこだったかな。場所は覚えてねえが、山の中の温泉に猿とか獣が入りにくるってぇ記事を読んだことがある」

「へー」

「人間だって、湯治に来るだろ」

「そうです、けど。じゃあ、温泉に入りにきたんですか、この子？」

「本能だろうけどな」

　考えてのこととは思えない。止血もせずに、血を流したまま湯船に浸かることなどできないわけだし。そうナイアルは言った。

「はあ」

　頷きつつ、つい、ドロシーはヒツジンがタオルを頭に乗せて湯に浸かっている姿を想像してしまった。

　ついでに想像の中で横にジンさんを並べてみた。

　ふたりして鼻歌なんか歌ってたり。

……ほう。なんだか、ほのぼのですよー。

「いや、そんなことを考えている場合ではないのでした！」

「叫ぶな。頭いてえんだから」

ナイアルが頭に貼った湿布を手で押さえた。廊下で強打したところだ。大きなこぶになっている。

「ああ。もうしわけありません」

「まあいいけどな」

「見られたのでおあいこってことで」

「見てねえ！」

「先輩、うるさいですよぅ」

「……おまえな」

「冗談ですよ？」

「判ってるっーの」

草地にふたりで座り込みながら、そんな軽いやりとりを交し合う。魔獣相手に医者の真似事をしていた緊張感から解放されたせいか会話になってない会話だったり。

「ま。確かにここでうるさくしてると、治るものも治らねえし。静かに寝かせておいてやろう」

「ですねー」

立ち上がってふたりして宿のほうへと向かった。

茂みが邪魔をしてその草地は旅館の中からは見えない。意識を取り戻せば、そのまま逃げられる場所だ。そっとしておくほうがいい。

とはいえ……このまま放っておく、というつもりはなかった。

ヒツジンの傍を離れつつ、ドロシーはナイアルと互いに目配せをする。

どうして、あんな傷を負ったのか。

ふたりは突き止める気になっていた。

それに捜していた相手なのだ。ここで別れたら、もう見つけられないかもしれない。

10

「動いたぜ……」

まどろみに落ちそうになっていた意識が、ナイアルの言葉で引っ張り上げられる。

茂み越しに、よろりと立ち上がるヒツジンの姿が見えた。

「大丈夫なんでしょうか」

ささやき声で問いかける。

「魔獣だからな」

「そっか。鍛えてますもんねー」

ジンがそう言っていたことを思い出した。

「いやそれはおかしいだろ」

ナイアルが反論してきたが、今はそれどころではない。

後をつけねば。

隣でナイアルが、全ての魔獣が熱心な格闘家なわけではないからそれは理屈が通らないとかぶつぶつと言っていたが。

――細かいことは後回しです！

もちろんドロシーもナイアルも、追いかける準備は整えてある。

「垣根が壊れてやがる」

森に面して建てられた柵の一部が壊れている。ヒツジンが壊して入ってきたのか、それとも元々壊れていたのかは判らない。

――後で女将さんに言っておかなくちゃ。ドロシーは心の中のメモ帳に書きつけた。

ヒツジンは壊れた垣根を抜け、裏の森のほうへ。

ドロシーたちも続く。

垣根の一部に服の裾を引っ掛けてちょっと焦ったけれど、小さなかぎ裂きを作っただけでなんとか抜けた。

「おうちに帰るんでしょうか……」

「さて……」

　夜明けが近づいていた。東の空に薄明が始まっている。

　丘が稜線に沿って輝いていた。白く縁取りされて、墨絵のように山並みが浮かびあがっている。あの向こうにお日様が出番を窺っているのだ。

　足下に気をつけながら進んだ。

　気づかれないようにと手持ちの導力灯さえ灯していない。

　宿の背後は木に覆われた丘になっていて、さほど傾斜はないとはいえ、ヒツジンの後を追うのは大変だった。

　相手は魔獣なのだ。街道など通るはずもない。うっかりしてた。

　それでも後を追うことが可能だったのは、片角のヒツジンの傷が深く、よろよろとよろけながらのゆっくりとした歩みだったからである。いつ倒れてもおかしくない様子だったからハラハラしてしまう。

　丘を越え、下りになり、ヒツジンは東から北へと進む方法を変える。歩く速度がわずかに速まった。すこし苦しそうだ。追いかけるドロシーたちの息もあがりはじめた。

　平らな草の原へと辿りつく。

　トラット平原。

朝日が顔を覗かせる。

緑の草地が目の前をゆるく下っていた。その中を白いぽつんとした影が進んでいる。

隠れるところのない平原だ。少し距離を開けて追いかける。

やがて——。

もこもことした白い花畑というか、綿花の畑というか、芒の原というか、そんな一角が見えてきて。

なんだ？　と、一瞬追いかける足が止まった。じっと見ていて、勘違いに気づく。

もこもこが蠢いていた。

草が風になびくような動きではない。もっとこう——複雑に波打つような。

その蠢く大きな白い塊の中に片角のヒツジンが入ってゆく。大柄な片角の格闘家ヒツジンは、塊の中で頭ひとつ抜き出ている。

幾つもの鳴き声があがった。「エェェェェエ」という声が空気を震わせて響き渡る。

「おい、待てあれって」

ナイアルが慌てる。ドロシーもぞくりと鳥肌を立ててその場で立ちすくむ。

——あれって、まさかまさかですけど！

嫌な予感。だが見えている光景はそのまさかなのだ。

綿花の畑なんかじゃない。

あれは――くっつきあっているから大きな塊に見えただけの。

百を楽に越えてそうな……ヒツジンの群れだ！

眩暈がした。

なんということ。ドロシーたちは、彼らの村にやってきてしまったのだ！

「おい。倒れたぞ！」

「えっ」

ナイアルの言葉に慌てて視線を最初に追っていたあのヒツジンに戻す。群れから頭ひとつ抜けていた姿が見えない。埋もれてしまっている。

ナイアルの言うように倒れてしまったのだ！

せっかく助けたのに、と心配している余裕は実のところ、ドロシーたちにはなくなってしまっていた。

エェェェェエ！

エェエェ！

エェェェェェェエ！

そんな、たくさんのヒツジンの鳴き声と、土煙をあげて草原をこちらに向かって全力で駆けてくる白い塊たち。

「やべぇ！　逃げるぞ、ドロシー！」

ふたりとも即座に背中を向けて逃げ出そうとしたのだけれど、あっという間に回り込まれてしまった！

## 11

当然ながら、ヒツジンに囲まれたのは生まれて初めてだ。

直接ではないが戦ったことはある。先日の、ジンや、見習い遊撃士コンビ、つまりエステルとヨシュアとヒツジンを探して街道沿いを歩いたときも、野良のヒツジンとは戦いになった。けれど、それでも相手は四匹とか、せいぜい五匹あたりだ。

だが今や、ナイアルとドロシーは、ぎっしりと隙間なく囲まれてしまっていた。

二十匹以上はいる。

「唐突ですが、先輩。ヒツジンって『匹』でいいんでしょうか。それとも『頭』ですか。はて？」

「三を越えたら、『いっぱい』でいいんじゃねえかな」

「あー、なるほど。それはいい案ですよぅ。先輩さすがです！」

「そりゃどうも」

とか、軽口でも言わねば精神が持たない状況だ。

完全に命の危機だった。

どのヒツジンも目が血走っていた。ぎらぎらとした瞳で見つめてきていて、じりじりと輪を狭めてくる。まるで親の仇でも見るかのような目つきだ。

ひょっとして……恨まれてる？

「えっと……」

あの格闘家ヒツジンが傷だらけで帰ってきて、その後をドロシーたちが追っていた。

つまり――。

襲ったヤツが　↓　止めをさそうと追いかけてきた。

そういう結論だろうか。

「わ、わたしたちがあの子を傷つけたわけじゃないですよぅ！」

「ってな言葉が通じてくれりゃいいんだけどな！」

通じそうもなかった。

両手を前に突き出して、ちがうちがうと手を振ってみたが、ボディランゲージもどうやら効果なさげ。

これは困った。

口の中がからからに乾いてしまう。もうだめだ。思ったら、自然と手は自分の鞄へと伸びていて、カメラを引っ張り出していたのには我ながら驚いてしまう。

「おまえ。それで何を写す気だよ」

ナイアル先輩の声も呆れた調子になっている。

「自分でもよくわかりません！」

「ったく。なんてぇ、カメラ馬鹿だよ。しょうがねぇ。こうなったら、なんとかお前だけでも逃がして……。」

ナイアル先輩が何か言おうとしたときだ。

囲んでいた輪の一角が切れた。

自然に左右に分かれて、空いた隙間をぬっと一体のヒツジンが姿を見せたのだ。

周りのヒツジンたちよりも、飛びぬけて背が高い。

頭の左右のくるりと丸まった角の片方が折れていた。

なにより全身のあちこちにぐるぐると巻かれた包帯の数々。

それは、ドロシーたちが手当てしたあの片角の格闘家ヒツジンだったのだ。

一歩前に出ると、蹄をドロシーたちに向けながら、仲間たちに向かって、ひとことふたこと叫ぶ。一匹のヒツジンが抗議をあげるかのように嘀いたが、片角のヒツジンが叫び返すと、ぴたりと口をつぐんだ。

「こいつはもしかして……」

ナイアル先輩が期待を込めた瞳で事態を見守っている。

と、そのとき輪のもう一箇所が切れた。

姿を見せたのは、ずいぶんと年老いたヒツジンだった。

「長老……ってとこか……」

ナイアルが言った。

年老いているとわかるのは、全身の毛が薄くなってヒツジン特有の毛並みのモフモフ感がなくなっているからだ。身体も折れ曲がって小さくなっている。

だが、瞳の鋭さだけは失っていない。

その老ヒツジンはゆっくりと格闘家ヒツジンのところへと歩みよると、ぽんぽんと優しく身体を叩いた。労わるように。

それから、「エエエ」としわがれた声で輪になっているヒツジンたちに叫ぶ。

すっ、とヒツジンたちから猛々しい雰囲気が消えたのを感じる。

「なるほど……確かに長老さんみたいですよ……」

これで杖でもついていたら、さぞかしお似合いだったろう。だが、さすがにヒツジンにはそういう文化はないようだ。魔獣だし。

輪が解けた。

老ヒツジン――ここは長老ヒツジンと呼んでおこう――が、蹄をくいっと手前に引いて、ドロシーたちを促した。

「ついてこい、って言ってるみたいだな」

「はい……」

さすがに逆らう気にはなれない。敵意を見せなくなったとはいえ、まだ大勢のヒツジンたちがドロシーたちの一挙手一投足をじっと見つめているのだ。

並んで歩く格闘家ヒツジンと長老ヒツジンの背中を追いかける。

こうしてドロシーとナイアルは、おそらくは世界で初めてヒツジンの一族たちに招待されることになり――。

格闘家の彼が大怪我を負った原因を知ることになった。

12

トラット平原のヒツジンの中に格闘好きな一族がいる。

《不動のジン》が確かそう言っていた。

おそらくはそれなりの激しい稽古を重ねているはずだ。

とも。が、しかし、それがまさかこういうことだとは思わなかった。

ヒツジンたちの群れの中に招き入れられたドロシーたちだが、すぐに何かされるというわけではなかった。

むしろ放っておかれてしまった。

ヒツジンたちはいっせいに稽古を始めてしまったのだ。

互いに距離をとると、格闘の演舞のような動きを繰り返している。

右の蹄を腰元に引いてから突き出す。次は左。左右の蹴りを上段、中段、下段と仮想の敵に向かって繰り出してから、くるっと背中を向けて回し蹴り。

それで一セット。数回繰り返してから、今度は別の型を始める。

大勢のヒツジンたちが、「エエ！」「エッ！」「エエエエ！」と声を上げながら、稽古を続けている。見てて壮観だ。

確かにこれは格闘好きな一族だ。

——なるほど、あの遠目から見たときのうぞうぞとした動きはこれか！

ひとつ謎が解けた。

「早朝稽古ってところか……」

「これ、毎日やってるんでしょうか」

「だろうな。足下を見ろよ」

「へ？」

ヒツジンたちの練習場の地面には草が生えていない。なるほど、毎日、こんな稽古を繰り返している証拠だ。

「この子たちって……草を食べるんじゃ……」

「だからだろ。決まった場所でやらねーと、食いもんがなくなるじゃねえか」

「あ、なる……」

ってことは意外とこの子たち賢いのではないだろうか。

「エエエ」

声を掛けられた。振り返ると、子どものヒツジンがいた。明らかに小さい。おとなのヒツジンの半分ほどしかなかった。黒目が大きくて可愛いっ！

両手で何かを抱えていて、ドロシーに向かって差し出してくる。

「これは……」

「食えってことじゃねーか？」

「う……これをですか？」

葉っぱだった。たぶん、ロイヤルリーフ。お菓子の風味付けに使われるやつ。間違っても、生で大量に食べるものではない。せめてサンドイッチに挟むとか、サラダにするならばともかく。これを食えと？

「知ってるか？　たいていの異文化交流の基本は出された食い物を断らないこと、だぞ。同じ釜の飯、って言い方があるだろ。同じものを食う奴は仲間。食わない奴は敵ってことだな」

「ええと、その」

「ちょっとでいいから口に入れとけ。俺は食うぞ。死にたくねーからな」

どかっと腰を下ろして、ナイアルがロイヤルリーフを掴む。

「食べます。わたしも食べますってば！　食べますよぅ！」

隣に腰を下ろして、慌ててドロシーも一枚にかぶりついた。少々硬いが我慢だ。なんとか噛み砕く。

その途端に鼻に抜けるような青臭い味が口いっぱいに広がった。

「うえぇえぇえ。おいしくないいいいい！」

「うっ。こいつは想像以上だな。野生のやつは香りも強いし……」

「エエ？」

――ん？

なんで、この子びっくりしてるの？

その子の後ろから、もう一匹の子ヒツジンが現れて、どさどさとドロシーたちの前に抱えたものを下ろした。

完熟したリンゴ、オレンジ、トマト（天然のだから苦くない！）……。

あまぁいフルーツの数々……。

――あれ？　あれあれえ？

「おまえさんたち、なんでそんなもんを口いっぱいに頬張ってるんだ？　そいつはここじゃ薬草代わりだぞ」

ごっくん！

声にびっくりして、口の中のものを呑みこんでしまった！

うう、激、まずいですー。でもそういえば、ロイヤルリーフは薬草茶のレシピで見たような……いや、それよりこの声は！

その男は、ぬっと大きな熊のような身体を乗り出して、腰を下ろしたドロシーとナイアルのふたりを覗き込んでくる。

「ふ、《不動のジン》！」

ナイアルの叫びに、にっと口の端をあげて、熊のような大男が笑った。

# 13

「稽古の場所を探したんだ。格闘好きな一族なら、それなりの鍛錬場を必要とするだろうと睨んでな」

リンゴを皮ごと丸かじりながらジンが言った。

まだ日が昇る前から、だそうだ。

ドロシーたちと合流する前に探し出すつもりだったのだろう。

あの片角のヒツジンと出会ったあたりから、街道沿いを丹念に歩いて見つけたそうだ。

なるほど、と思いつつ。別の感想も持ってしまう。

「よく、無事だったな、おい」

ナイアル先輩が代弁してくれた。

格闘家の集団であるこの一族と出会って、何もなかったというのが信じられない。

ドロシーたちなど、もう少しで叩きのめされるところだったのに。

「武の道は、異なる道を歩こうとも目指す頂は同じだからなぁ。戦って、勝つ。それだけだ。判るだろう？」

同意を促すように答えになってない答えを返してくる。

――いいえ、その真理は申し訳ないのですがまったく判らなく……。

ナイアルが妙に達観した表情になって「そういうもんか」とだけ言った。

「だが、あのヒツジンがいなかったんでな。違う一族かと思ったが、まさか、おまえさんたちのいる温泉に行っていたとはな」

「ひどい怪我でしたよぅ」

「うむ……」

ジンさんが唸った。

「おまえさんたち、気づいたかい？」

「は？」

「ええと……何がですかー？」

「この群れの事だ。よく見てみると、年寄りと子どもばかり。若者のヒツジンもいるにはいるが……」

そう言いながら、ジンが、稽古を済ませて食事をしているヒツジンたちを見やる。

ドロシーとナイアルも自然と彼らを眺めることになり。

「そういえば……」

小さなヒツジンたちが子どもたちだというのは大きさでわかる。残った大きなヒツジンたちが、年老いているかどうかは、最初は気づかなかった。

けれど、注意してみると判ってくる。

確かに長老ほどではないにしろ、毛並みが艶を失っていたり、やや背中を丸めていたりしているものが多い。羊のように四本の足で平原を駆けていたら、腰が曲がったりなどはしないのだろうが……。直立歩行すると、人間みたいな老化の症状が出てくるわけだ。

そして、まれにいる若者ヒツジンらしきものたちだが。

「怪我、してますよ……」

「ああ。あれは戦いの痕だな」

「あの片角のやつも、ひどい怪我だったぜ。でかい角でやられたような傷があったが……」

ナイアルが言った。

「おそらく、敵、だな」

《不動のジン》の瞳がぎらりと光る。

「敵……ですか」

「うむ。かなり大きな魔獣の類だろう。この一族はそいつに狙われている。何度も襲われて、おそらくはその度に……」

戦いを挑んだ若いものたちから順にやられてしまった、ということか。それで若ヒツジンの数が少ないわけだ。

「それじゃ、ひょっとしてあの片角のヒツジンも……」

「そいつに挑んだのだろうな。おそらく。奴はこの一族で最も強い。だからこそ、ここまで生き延びてきたたし、今回も生き延びたわけだ」

「死に掛けてましたよぅ！」

思わず声が震えた。

ドロシーたちが見つけなければ、そのまま死んでいたかもしれないのだ。

「おそろしく底意地の悪い敵だ。なぶるようにして、少しずつこの一族を弱めているのだろう。そして最後には……」

「こ、ここから逃げるわけには……いかないんですか？」

「安全なだけの場所を求めても、餌場が遠くなれば、生き延びるのは難しくなる。それに、子どもと年寄りばかりでは、いたずらに彷徨うのは……」

ドロシーたちの前に子ヒツジンたちがやってくる。

くりくりとした瞳でドロシーの前にあるフルーツの山と、ドロシーとを交互に見つめてきた。

「食べます？　わたし、もうお腹いっぱいだから、もっていっていいですよー」

言葉が通じたとは思えないが、子ヒツジンたちは小さな声で鳴きながら、フルーツをうれしそうに抱えてもっていった。

思わずなごんでしまう。

緩んだ頬が、けれど、一瞬後に引きつった。

エエエエエ！　と、群れの端のほうで悲鳴のような声があがった。

「現れた、か」

まなざしの方向へと目を向ければ、忽然と山が出現していた。

いや——違う。

あの山は動いている。

小山のように見えたのは大型の動物だったのだ。

全身を覆う鎧のように盛りあがった灰色の硬い皮膚。大きく反り返った角を鼻の上にいだき、四本の丸太のように太い足を踏み鳴らして近づいてくる。

「クロノサイダーか！」

うめくようにナイアルが言った。

クロノサイダー。

トラット平原に時折り出現するという大型の魔獣だ。

最悪の敵だった。弱点らしき弱点もなく、しばしば遊撃士協会に手配書が出回る危険な相手。旅人たちの天敵でもある。しかも、現れた奴は見上げるほども大きくて、角の先は建物の二階に届いてしまいそうなほどの高さがあった。

「あいつ、まだ治ってないのに！」

「それが武道家ってもんさ」

ナイアルとジンの言葉に目を向ければ、蜘蛛の子を散らすように逃げ始めた群れの中で、たったひとり流れに逆らって魔獣に向かって歩いていくヒツジンがいる。

片角の格闘家ヒツジンだった。

「護るものがあるうちは、敵に背中は見せられんのさ」

ジンが言った。

そして、《不動のジン》はゆらりと立ち上がるのだ。

「行くのか」

「ああ。あのヒツジン、ここで死なせるには惜しいんでな」

「で、でも、アレってば、ジンさんの三倍くらいの大きさがありますよ！」

「そうだな」

ジンが言った。

「だから、どうした——と言っておこうか。血がたぎる。面白いじゃないか」

そう言って、にっと笑うのだから、武道家というのは訳がわからない。無茶ですよぅ。

「できるかどうかではないのさ。やるかやらないかだよ」

ジンが言って、それで止めることができなくなった。

なによりも——ジンは遊撃士なのだ。

困っている人がいたら助ける。

それが遊撃士というものだから。止められない。止めてはいけない。

人ではなくて今回は相手がヒツジンではあったけれど。

## 14

片角のヒツジンがゆっくりとクロノサイダーへと近づいてゆく。

己に近づいてくる輩にようやく気づいて、巨大な魔獣の歩みが止まった。

睥睨するかのように、相手を見下ろした。

そんなはずはないのに、見つめているドロシーには、クロノサイダーが嗤ったように見えた。

片角のヒツジンは恐れることなく歩を進める。

身体に巻いていた包帯がはずれて、片端が風になびいている。身体にまとわりつく外れかけた包帯をヒツジンはほどいて捨てる。風が血に染まった帯をさらって飛ばした。

十歩ほどの距離を置いて立ち止まり、魔獣を睨みあげる。

涼しげな瞳は覚悟を決めた者のそれだ。

腰を落とし、格闘家のヒツジンは裂ぱくの気合を放った。


エェェェェェエッ！


その声を合図に戦いが始まった！

クロノサイダーの片足が、ヒツジンの頭の上まで持ち上がった。

そのまま勢いよく落とす。

頭の上から、身体より大きな金槌が降ってくるようなものだ。それをぎりぎりでヒツジンはかわした。

背中を向けて回りながら、残した脚のほうへと近づき、肘打ちを叩き込む。

打って、すぐに離れた。

「効いてない!?」

ドロシーは思わず叫んでしまった。

クロノサイダーはぴくりとも動かなかったし声さえあげなかった。

「まあ、クロノサイダーの皮は《黄金の鎧》なんて言われるくらいだからなぁ」

「セ、センパイってば、何を悠長に！」

「慌てるなって、ほれ、助っ人が参戦したぜ」

辿りついたジンが、駆け寄った勢いのまま飛び上がり、魔獣の腹に拳を叩き込んだのだ。

「一発じゃねえぞ、あれ！」

「五発でした」

「よく見えるな」

感心した声で言われてしまったが、ドロシーは見るだけならばなんということもない。

回る風車の羽の数を数えて驚かれたこともあるくらいだ。

ジンの五連撃に、さすがのクロノサイダーも多少は堪えたようで、わずかに身体を傾けた。

横から入ってきたジンにヒツジンが気づいた。

ちら、と視線を交し合う。

それも一瞬のこと。すぐに互いに離れた。逆方向にだ。そこから勢いをつけてクロノサイダーの両のわき腹へとふたり同時に飛び蹴りを放った。

グォオ、と魔獣が始めて声をあげる。

「やった！」

「いや。まだだ！」

巨大な魔獣は頭を左右に振り、今度は長い角でヒツジンとジンを狙った。

ジンは軽くよけてみせたが、怪我を負っている格闘家は逃げ遅れてしまう。

「ああ！」

角に引っ掛けられ、ヒツジンの身体が宙に浮いた。

十アージュほども吹っ飛ばされ、草原に叩きつけられる。身体が跳ねて、二、三アージュほど転がった。

それを見てとると、クロノサイダーの視線はヒツジンだけに向いた。

――あの魔獣、弱いほうから！

「って、おい。ドロシー！」

ナイアルの声を無視して、ドロシーはカメラを掴んで走り出していた。

「お、おい。無茶だろ！」

追いかけてくる先輩記者に向かって声だけ返す。

できるかどうかなんて知らない。でも——

「これができるのは、わたしだけですから、だからわたしがやらないと——」

「ちっ！」

舌打ちひとつで止めるのをやめて並んで走ってくれるんだから、ナイアル・バーンズという人物はお人よしなの。そこがいいところなんだけど。

「あいつらの邪魔になるようなら、おまえの襟首ひっつかんで逃げるからな！」

「わかってます！」

クロノサイダーはジンを無視して片角ヒツジンのほうへと向きを変えた。

十アージュは魔獣には三歩か四歩の距離だ。そして、地面に叩きつけられたヒツジンはまだ起き上がってこない。

クロノサイダーが邪魔な虫を踏み潰すべく足を上げた。

——させません！

オーバルカメラの夜間用の閃光機能のボタンを押し込む。

「センパイ！」

「おう！」

ナイアルが小石を拾って魔獣の顔をめがけて投げつけた。

痛くなどないだろう。葉っぱで撫でられたくらいの感じに違いない。それでも気になったとみえて、一瞬だけクロノサイダーの顔がこちらに向く。

——今だ！

魔獣の顔を狙ってシャッターを切った。

青空の中にある太陽とは別に、もうひとつの太陽が一瞬だけ現れてクロノサイダーの目を焼いた。

苦悶の声を上げてクロノサイダーが顔をのけぞらせる。

まともに光を見てしまったのだ。

怒りの声をあげ、魔獣がドロシーを見やる。

こちらに向かって突進してきた！

「って、そこまで怒りますか！」

「あたりまえだろ、馬鹿。逃げるぞ！」

無理だ。それが判ってしまう。この距離ではとても逃げられない。まるで時間の流れがゆっくりになったみたいに感じた。

小山のような巨体が視界の中いっぱいになって近づいてくる。

頭を低く下げ、角をわざと地面すれすれにして突っ込んでくる。あの角でドロシーを串刺しにするつもりなのだ。

ああ、だめだ。

これは死んだかも。

ドロシーの身体は恐怖に縛られて動けない。

距離、もうわずか三アージュ。いやもう、二、一……。

尖った角の先がドロシーに触れようとする直前に、何かが視界の中に入りこんでいた。

大きな影が目の前に現れて、魔獣の姿をふさいだのだ。

「ジン……さん……」

大きな影がジンの背中だと気づいた。

それと同時だ。襟元を掴まれて強引に引っ張られた。目の前からジンの背中が消える。

いや、ドロシーのほうが転がったのだ。ナイアルに首根っこを掴まれて強引に地面に引き倒された。

間一髪。

鈍い衝撃音とともに、土煙があがった。

たった今までドロシーがいた場所の大地がえぐれて深い溝を作っていた。二本の溝は五アージュほど続いたところで、ジンの足下に繋がっていた。

「ジンさん！」

ドロシーの悲鳴があがる。

ジンは両手で角を抱きかかえるようにして掴んでいた。まともに魔獣の突進を受けてみせて、堪えたのだ。傷を負ってないのが不思議なくらいだ。地面を掘った五アージュの溝が魔獣の勢いを消すまでに必要とされた距離だった。

「おおおおお」

ジンが吼える。

クロノサイダーの頭の角を掴んだまま力比べをしている。

自らの身体の三倍はあろうかという魔獣と。

「そんな無茶……」

「いや……。ドロシー、見てろよ。なぜあいつが《不動の》ジンと呼ばれるかが判ると思うぜ」

ナイアルが言った。

「おおおおおおおおお！」

ジンが吼える。両の足は、削った地面を捉えてもう離さない。クロノサイダーは角を振りほどこうとしているようだが、まるで角を地面に突き刺してしまったかのように動かせないでいた。

まさに《不動》。

大地を味方につけたかのように、ジンの身体は動かない。それどころか――。

――えっ……うそ。

両腕で掴んだ角を、ジンはじりじりと斜めに引き倒している。

あのまま力を入れれば――。

「おおおおおおおおおおおおおおおおおおおおりゃああ！」

鈍い音があがった。

「角が！」

折れてしまった！

中ほどで折れて、クロノサイダーが今までに倍する悲鳴をあげる。抱えた角の片割れをジンは投げ捨てた。

「これで……対等だろう？」

ジンが声をかけた相手は、ヒツジンだ。

ようやく起き上がってきた片角のヒツジンが、まるでジンの言葉を理解したかのように一度だけ深く頷いた。

「では、行くぞ」

ジンが言って、ヒツジンが応えるように「エエエッ」と鳴いた。

今度もふたり同時だ。

駆け寄って飛び上がると、拳を魔獣の顔の両側から叩き込んだ。

その数——片手で五回。両腕で十回。それがふたりぶんで、合計二十回。ほぼ一瞬ですべて打ち込まれて、それで勝負がついた。

交差するようにしてジンとヒツジンが大地に飛び下りて魔獣に背中を向ける。

ふたりの背後で、魔獣の小山のような巨体がゆっくりと倒れた。


こうして、トラット平原に棲む格闘家ヒツジンの一族に平和が戻ったのだ。

## エピローグ

じゃあねー、とドロシーは彼らに向かって言った。

言葉が通じているようには見えなかったけれど、言わんとすることは伝わったのだろう。特に子ヒツジンたちが寂しそうな瞳でドロシーを見てる。

ドロシーもちょっとだけ寂しかった。

そうだ、と思いつく。

別れる前に、これは言っておかなくちゃ。

「あのですね。人間に悪さをしちゃだめですよー。悪いことしたら、遊撃士があなたたちの尻尾を切っちゃいますからね！」

「こいつら、こっちの言葉が判ってるようには見えないけどな」

ナイアルがせっかくの言葉に水を挿してくる。

「それでも……俺はあいつだけは人を襲わんと思う」

《不動のジン》が、長老の傍らに立つ《片角のヒツジン》を見ながら言った。

「わたしもそう思いますよー」

ドロシーの言葉にナイアルも反論しなかった。

そして、あのヒツジンがいるかぎり、この一族だけは人間と争わないのではないか。

そんなことを信じてしまう。

格闘家のヒツジンの一族と別れて、ドロシーたちは街道へと戻ってきた。そこで、ジンとは別れた。ドロシーたちは一度、《紅葉亭》に戻らなければならないからだ。

ジンは、飄々とした様子で、「またな」と言った。

再会を約束する別れの言葉だ。

ドロシーもまた、どこかで会えるような気がしていた。

「またですよぅ」

「じゃあな」

そのままドロシーたちは街道を南へと進んで温泉旅館まで戻った。

※

「へえ、よく撮れてるじゃないか。いいね！」

カメラの後ろ側にある投影版の画像を見ながら《紅葉亭》の女将が声を弾ませる。

「おまえ、ちゃっかりしてんのな」

脇からナイアルが茶々を入れてくる。

「お誉めにあずかりましてー」

「誉めてねえよ」

「後輩の機転を誉めてくれてもよいと思うのですが」

「誉めねえから」

ナイアルはあくまで厳しい態度を貫くつもりのようだ。

しかし、とドロシーは思う。咄嗟にシャッターを切ったところまでは誰でもできるだろうけれど、ここまで至近距離で魔獣同士の戦いをカメラに収めた人はいないだろう。貴重なのではないだろうか。

投影版に映っているのは、片角のヒツジンと人間の武道家が、大型の魔獣クロノサイダーに拳を叩きこんでいる絵だ。

ヒツジンとクロノサイダー。

どちらもツァイス地方で有名な魔獣なのだった。

「うん。かっこいいよ！　どうやって作ったか知らないけどさ。ヒツジンは可愛いことでも有名だし。ツァイスの思い出としてはばっちりだね！」

「えっ。いえ、作ったのではなくて、ほんとにそのまま映しただけなのですが」

「いやいや、そこまでしてくれなくていいんだよ。これが合成だって、どっちもツァイスの名物であることに変わりはないからね」

「いえ、ほんとにこれは……」

「まあ、魔獣同士だって戦うこともあるかもね。人間が傍に寄れるとは思わないけれどさ」

何度説明しても、女将さんは写真に収めた戦いが、実際に目の前であったことだと信じてくれなかった。

まあいいか、とドロシーは途中で諦めた。

だいじなのは、女将さんが喜んでくれることなのだし。

後は、宿の土産としてこの写真を焼き増して、ポストカードにすることだ。それは王都に戻ってからの作業になるだろう。

まだまだ写真印刷は値が張るので、ドロシーが作成できるポストカードの枚数はそんなに多くはないだろうけれど、評判さえよければまた作ることはできる。元の画像は感光クオーツに残っているのだし。

そしてなによりも、お世話になった女将さんを自分の力で喜ばせることができた、ということがドロシーにとっては嬉しいことなのだった。

ゆっくりと温泉に入りなおした。

効能抜群を言うだけあって、一晩ですっかり疲れが取れてしまった。

翌朝になってから、ドロシーとナイアルはツァイスに向けて旅館を出る。

「じゃあ、できあがったら送ります」

「あいよ。楽しみに待ってるよ」

別れ際に女将さんが言って、にっこりと嬉しそうに微笑んだ。

街道を歩いている間、ナイアルはこれからの王都での取材について話してくれた。

どうやら、大きな事件を追っていて、その事件の山場が近い、と感じているらしい。

意気込むナイアルを見ていて、ドロシーも気合を入れなおした。

今までは気に入った風景を見つけては撮るだけだったけれど。

——あたしだからできること、か……。

ツァイスで再会したときにナイアル先輩が言ってくれた。


記憶の中の思い出はいつか色あせる。けど、感光クオーツに刻まれた風景は残る。

色あせない思い出を切り抜いてみせるのは、おまえ得意だろ？

ドロシーにはまだ自分に何ができて何ができないのかわからない。

確信なんてもてない。

それでも――

もし、自分が写真を撮ることで、色あせない思い出を残せるなら……。

投影版の片角のヒツジンはいつまでも一葉の写真の中で戦っているのだろう。

仲間たちを護るために。

そんなヒツジンがいたことを忘れずに残しておけるのなら。

ひょっとしたら、自分がカメラを構えることにも意味があるのかもしれない……。


「ところでひとつだけ心配がある」

街道をツァイスへと向かいながらナイアルが思い出したようにぽつりと言った。

「はい？　なんですか、先輩」

「あのヒツジンたちだけどよ」

「……格闘家の？」

「おう」

何を今さら心配しているというのだろう、このひとは。

そう思わないでもなかった。

ナイアルの言葉の続きを聞くまでは。

「あいつら、片角に聞けば《紅葉亭》の温泉の位置が判るってことだよな？」

「それが……何か？」

「効能抜群の温泉。あいつら、放っておくと思うか？」

《紅葉亭》の温泉。そこにやって来る無防備な旅人たち。彼らがあのヒツジンたちとばったり出会うなんてことがなければいいのだが……。

そうナイアルは心配するのだ。

「ま、まさかですよぅ！　あは。あはははは。そんな、まさか……」


——まさか、ねえ？

## 第4話

# 笑顔の理由

1

焼きつけた写真が幾つもの山となって積み重なる机の空きに肘をつき、手のひらに顎を乗せながら、リベール通信社カメラマンのドロシー・ハイアットは、ぼんやりと天井の染みを数えていた。

ああ、あの染みの形はエルベ離宮に突入した特務飛行艇にそっくりです……。

「なあに、ぼんやりしてやがる」

声とともに、ドロシーの後ろ頭を良い音を立ててはたく者がいる。

振り向いて確かめるまでもなかった。

「痛いですよぅ」

ナイアル先輩、と言いながら、ドロシーは結局のところ振り返った。にやりと浮かべた笑みまで想像したとおりの顔がそこにあった。

「ぼうっとしてんじゃねえ。仕事はどうした」

「おやすみです」

「ほう?」

ナイアル先輩が顔を編集室の奥で座る男——編集長へと向ける。

「うちに、仕事をしない記者を雇っておくだけの甲斐性ってありましたかねぇ」

「そうは言うがね、ナイアル君。仕方がないんだよ」

「そうそうしかたないんです〜」

「何がだよ」

「ポチ君がおやすみのときは、わたしもおやすみなんですよぅ」

「……カメラ、どうした？」

「オーバーホール中です〜」

　すかさず編集長が口を挟む。

「オーバルカメラだけにね！」

「……」

「……」

「えっ。あれ？　どうしたんだ、ナイアル君、ドロシー君」

「……」

「……」

「なんでそんなやっちまったなって顔を君たちはしてるんだ。つまりこれは、オーバルカメラとオーバーホールをかけたっていうだね――」

「すんません、編集長。ギャグの説明をさせるっていう苦行をさせちまって……」

「先輩、そこで謝るのはさらにコクですよぅ」

「君たち……そんなに給料が減ったほうがうれしいのかね」

じと目で睨まれて、ドロシーとナイアルはそそくさと自分の机に向き直った。

ふたたび手のひらの上に顎を乗せつつ、ドロシーは天井を見上げる。はあ、とため息をついた。

ヒマです……。

「おいこら」

「ほにゃ……？」

視線だけ動かして隣を見ると、おっかない先輩が顔を机の上の書類に向けたままで声をかけてきていた。

「でかいヤマが終わったばかりだからって、呆けてるんじゃねえぞ、こら」

「いえそんなことは——」

——あるかもしれない。

リベール通信社の本部がある王都グランセルは、つい先日にクーデター騒ぎがあったばかりだった。情報部の一部によって画策された用意周到なその反乱は、遊撃士と呼ばれる人々の活躍により阻止され、首謀者であるリシャール大佐の逮捕をもって幕を閉じている。

囚われていた女王と姫殿下も救出され、陰謀は潰え……。

女王生誕祭の裏側で何が起こっていたかを市井の人々が知ったのは、リベール通信社が第一報として特別号を発行してからだった。

その後も事件を大きく報じ続けたリベール通信は売れに売れた。

トップ記事をものにしたのは、今回のクーデター事件を最初の最初から追っていたナイアル・バーンズ――つまり、ドロシーの横に座っているおっかない先輩だ。記事の内容は市民から驚きとともに高く評価されている。

その連載も終わり、今はいつものリベール通信に戻っている。

世はなべてこともなし。

だからこそ、この機会にとドロシーは愛用のカメラをメンテナンスに出したのだし。

工房からは今日の夕方にならないと渡せないと言われている。

「代用カメラくらいもらってきてんじゃねえのか」

「それがですねえ」

ドロシーはようやく肘を机の上から下ろした。脇に置いていたそれを取り上げる。

「この子では、さすがにお仕事には向かないかと」

ドロシーは手のひらの上に置いたそれをナイアルのほうへと見せる。

書類を読むふりをしていたナイアルが顔を向けた。

「えらく小さなカメラだな」

ドロシーの手の上に乗ってしまうのだから、確かに大きくはない。ポチ君に比べると、二割ほど大きさを削った感じだった。

「代用カメラが出払ってまして、これを渡されました」

「ほう」

こんなことならカメラの全部をオーバーホールに出すのではなかった、と悔やまないでもない。

「今度出る新製品らしいです。『誰にでも綺麗に写せる』が合言葉で、ええとつまり、いっぱんふきゅー用ってやつですか」

「ほう。いいじゃねえか。何が問題なんだよ」

「『ちび君』は望遠も接写もできないんですよー。広角にレンズを替えることもできませんし、感光クオーツに記録できる枚数も十分の一なので。これだと、いちばんきれいな表情で撮ってあげられないかも……」

「……ちび君？」

「あ、この子の名前です～。小さいからちび君！」

「……」

「あれ？　どーしたんですか、ナイアル先輩」

「なあ、ナイアル君。わたしばかりセンスを責められるのは納得がいかないのだが」

編集長がすかさず、というタイミングで言葉を挟んできた。

「えっ。なんでですか。だって、ギャグじゃないですよ？」

そう返したらすっごく怒られた。

呆れたナイアル先輩に、編集長の怒りが納まるまで、もう今日は仕事しなくていいから散歩にでも行ってろと追い出されてしまい。

そのおかげで、とある依頼を受けることになったのだ。

## 2

編集部の入っている建物を出て大通りへ。

居酒屋《サニーベル・イン》を右に曲がって、東街区を目指した。

目的地は《エーデル百貨店》。

百貨の名に恥じず、米や味噌のような生活必需品から高級アクセサリまで幅広く売っている。

ドロシーの薄給では金銀細工など手が出ないけれど、見るだけでも楽しいし、安くて美味しいお菓子もいっぱい並んでいる。

共和国大使館と向かい合っている南口まで辿りついた。

百貨店へと向かおうとしたところで声を掛けられた。振り向いて、意外な人物に目を丸くする。

「あのぉ」

　おそるおそるといった様子で声をかけてきたのは大使館の門番だったのだ。

「はい。なんでしょう?」

「ウッス。姐さん、お疲れさまッス」

「あ、姐さん⁉」

　そんな呼ばれ方は初めてだ。

「ウイッス！　あ、姐御のほうがいいッスか」

　姐御⁉

「姐さんでお願いします～」

「あのぉ、リベール通信社のカメラマンの方ッスよね?」

「あ、はい」

　ドロシーは驚いてしまった。自分はそんなに有名だったろうか。記名記事を書いているナイアル先輩ならば、わからないでもないのだが。

「ちょっとお時間よろしいッスか?」

「はあ」

「リベール通信の武術大会の写真を見たッス」

「ああ……」

なるほど、とドロシーは納得してしまう。

女王生誕祭の前に行われた武術大会を撮ったドロシーの写真は、けっこうな枚数を紙面に載せることができたのだ。クーデター騒ぎの起こる前で、そこここに不穏な前兆はあったものの、全体的にはリベール王国は平和だった。

今年は変則的な大会だったために、逆に市民の好奇心を煽ったらしいし。

この兵士はおそらく武術大会に興味があって――でも、大会の記事ってカメラマンの名前まで載っていたかな？

「いつもリベール通信社のほうから大きなカメラをもって、この通りの前を走っているッスよね。走ってる回数と転んでいる回数が同じくらいッスけど」

ドロシーの頬が熱くなった。

――そ、そんなに転んでないですよぅ！

「あ、いえ。……はい」

「で、ジンさんの写真、余ってないスか」

「は？」

「ジン・ヴァセックさんッス」

「あの、遊撃士の？」

「はい！　おれ、あのひとのファンなんッス。すっげぇ強いのに、すっげぇ優しいッス！」

「ああ、はい。確かに……」

ドロシーもそれは知っている。

あの大柄な遊撃士の青年は、相手が魔獣であろうとも、意気投合したら命を賭して助けてしまうくらいには優しい。

つまり、そうとう気合の入った優しさをもっているということだ。

そうかとドロシーは思い当たる。この人は東方の共和国の大使館の門番だ。ということは、ジンさんが王都に滞在していた間は何度も会っているはずだ。

「おれ、武術大会を見に行けなかったッス。強いとは思ってたけど、まさか優勝するなんて……見に行けなくって、すっげぇ悔しいッス」

「それで写真を?」

「ウッス！　新聞に載ったやつでいいッス。いただけないッスか。家に飾って、励みにしたいんスよ！　おれも、いつかあんな風にカッコイイ男になりたいッス！」

「え～」

それは難しいんじゃなかろうか、とドロシーは思った。

《不動のジン》といえば——ナイアル先輩によれば——出身の東方だけでなく、リベール王国にまで名を知られた遊撃士だ。熊のごとき体格を持つ偉丈夫で、己の身を武器として戦う稀代の格闘家なのだ。

チーム戦の武術大会なのに、たったひとりで参加し、予選を勝ち抜いた男。

あの遊撃士コンビのエステルとヨシュアを加えた本戦では優勝までしてしまった。

「それにはよっぽどたくさん食べないと～」

「体格の話じゃないッス。心意気ッス！」

「あ～」

ですよねー。

「なので、どうしても一枚でいいから欲しいんスよ。お願いするッス！　リベール通信の写真、見たッス！　あの構図、あの迫力、最高だったッス」

ドロシーは困ってしまった。

自分の写真を誉められるのはうれしいし、確かにジンを写した写真はある。

何枚もある。

紙面に一枚の写真を載せるためには、その裏でたくさんの没が出るものなのだ。よく撮れていても、記事に割かれたスペースの都合や、テーマに合わなかったり、似たような写真が多かったりすると使えない。

それどころか、そもそも感光クオーツは残っているから、もういちど焼きつければ紙面を飾った写真を印刷することも可能ではある。

「でも……あの、そういうことはあまりしてなくて、ですねー」

武術大会の写真に限れば事前に会社から参加者に写真の公開許可を取ってあるので、盗み撮りを捌くような真似にはならない。とはいえ……。ここでＯＫしてしまうと、際限なく頼まれてしまいそうな気もする。

「そ、そうッスか……」

「あ、あの」

がっくりとうなだれられてドロシーはつい同情してしまった。なんとかならないだろうかと思考を巡らせ、ふと思いつく——そうだ！

ドロシーは腰のポシェットから一枚のポストカードを取り出した。

「代わりに、これでどうでしょう？」

「おお!?　こ、これはすげえええ！　イカスッス！　最高ッス！」

それは、《不動のジン》が魔獣と戦っている写真をポストカードにしたものだった。

天をつくような大きな魔獣を相手に対峙しているジンが映っている。

つい最近にとある温泉旅館の女将さんに土産物として作成を依頼されたものだ。見本として刷りだしたものの一枚だが、これならば配ることに問題はない。

そもそも配布用のものなのだし。

「いただけるッスか？」

「はい〜。それでよろしければ〜」

「ウッス！　姐さん！　商売おつかれさまッス！」

「いえ別に商売ではないのですが」

——そこは素直にありがとうだけで良かったですよ～。

まあ、喜んでもらえてなによりだ。そう思って立ち去ろうとしたときだ。

「これは確かにいい写真だな～。お姉さんが写したの？」

門番の声とは別の声で言われた。

ドロシーは振り返る。

門番が見入っている写真を肩越しから覗きこんでいる青年がいた。

青年が顔をあげる。

「やあ、僕、アントンっていうんだ」

「はい～？」

「ねえ、お姉さんの名前は？　もしかしてカメラマン？」

門番の背後からドロシーの前までやってきて尋ねてきた。

「ドロシー・ハイアット、はい、リベール通信に勤めております～」

ひととおり答えてから、改めて目の前の青年を見つめる。

明るい茶色の髪と、なにやら思いつめたようにも見える少し寂しそうな瞳をしていた。思いつめたというか思い込みの激しそうなというか。

ひとことで言えば、厄介ごとを持ってきそうなというか……。

アントンが口を開いた。

「ねえ。僕も一枚、写真を頼んでいいかな?」

3

「ええと、アントンさん。なぜ、わたしたちはこのような真似を?」

ドロシーとアントンは腰を屈めて百貨店前の植え込みに隠れている。

「もうすぐだよ」

「もうすぐ?」

「来た!」

誰がですか、と聞く前に、ドロシーの視界の隅にひとりの女の子の姿が映る。

慌てて頭を下げた。

見つかったらどう言い訳しよう。心臓がドキドキしてきた——なんで、こんなことに!

通り過ぎる彼女は、隠れているドロシーたちに気づくことなく、植え込みの前を歩いて、百貨店の南口を西へと向かって歩き去った。

ほうっとドロシーは安堵の息を吐く。

彼女の背中が小さくなってから、アントンが植え込みの陰から立ち上がった。釣られるようにしてドロシーも立った。

「あのひとの名はメーシャ」

「は？」

「メーシャっていうんだ。いい名前でしょ」

「あ、はい。そうですね」

「可愛いでしょ？」

「あー……」

見えたのは主に後ろ姿でしたので。

――ひょっとしてアントンさんの彼女さんとかでしょうか。となると、いっぱい誉めておいたほうが喜ぶのかもしれない。

「ええと、その――確かにかわ……」

「振られちゃったんだよね、僕……」

言わなくてよかったあああ！

「そ、そうでしたか」

アントンがうな垂れていた。両の肩も下がってしまい、まるでドロシーが叱りつけたかのようだ。

「僕、この街を出ることにしたんだ」

「そ、そうですか」

「そう！　新しい恋を探すのさ！」

「はあ」

「僕、毎日彼女を見つめていて、ドキドキしていたんだ」

――ドキドキ……ええ、わたしも確かにしました。見つかりはしないかと。

「心が高鳴るっていうのかな？　僕、彼女の笑顔が大好きだったんだよなぁ。この百貨店の前ですれちがったときは、必ずラッキーなことが起こったし。運命だと思ってたんだけど」

「らっきーですか」

「とれたて卵の黄身がふたつだったり」

「あー、ありますよね～。双子の卵」

「新鮮ミルクが本当に新鮮だったり！」

「新鮮じゃないと売れない気がします」

「泥つきニンジンにちゃんと泥がついていたり！」

「それラッキーなんでしょうか……」

　ドロシーの言葉はアントンの耳には届いていないようだった。

「仕事も見つからず、何もしないまま一日を終えてしまった。そんな風に落ち込むばかりだった僕の生活を、メーシャは明るくしてくれていたんだ。まあ、結局、仕事は見つからなかったんだけど……」

「そ、それは……」

　何と言って慰めていいのやら。

　アントンの言葉からドロシーが理解した限りでは、彼はどうやらこの王都で仕事を探していたらしい。だが、女王生誕祭で常とは違う業務に忙しく追われていた街の人々は彼の相談に乗ることができなかったようだ。

「そこで、お姉さんの出番なんだ！」

「えっ？　わたしですか？」

「うん。僕、メーシャの笑顔を忘れたくないんだ。少なくとも新しい恋の相手を僕が見つけるまでは。でも、心の奥底にどんなに深く焼きつけたつもりの記憶だろうと、時の流れには勝てないのさ」

　アントンの言葉に、かつて先輩記者の言った台詞が頭を過ぎった。

　記憶の中の思い出はいつか色あせるものだ、と。

「歳月という名の雪が、楽しかったり辛かったりした思い出という名の大地を、最後には覆い隠してしまうんだよ」

「し、詩人さんなんですね」

「だって、恋しているから！」

……振られたのでは？　とはさすがに突っ込めない。ドロシーにもそれくらいの機転は利いた。辛うじてだが。

「お姉さん。僕、彼女の笑顔の写真が欲しいんだ」

「笑顔……の？」

「うん。さっきの門番に見せていた写真を見て思ったんだ。あの大男を撮った写真は彼のカッコよさを充分に写し取っていた、ってね」

「そ、それほどでも～」

「彼女の笑顔を写し取ったあんな写真があれば、僕は新しい街でもきっと頑張れると思う！」

きらきらした瞳で見つめられてしまい、ドロシーは断るための言葉を咄嗟に思いつくことができなかったのだ。

心の中でだらだらと冷や汗が垂れている。

——なんだかとってもまずい話の流れになっている気がしますよぅ！

それに……とドロシーは思ってしまったのだ。

もしここで断ったら、次の街でも彼の仕事は見つからないかもしれない。

なんといっても彼はさきほどメーシャとすれちがっている。

つまり、ラッキー状態にあるはずで、ここでドロシーが断ったら、アントンのジンクスを信じる心もぺちゃんこに潰れてしまいそう。

落ち込んだ気分のままグランセルを旅立つことになるわけで……。

「わ、判りました。なんとかできるかどうか……少し考えさせてください」

そう返すのが精一杯だった。

4

夕方に百貨店前で再会することを約束して、ドロシーはアントンと別れた。

ひとりきりになって、ドロシーは考える。

さて――どうしたもんでしょう。

アントンによれば、メーシャは一日に何度も百貨店の周りを散歩しているらしいから、カメラに収めるだけならば難しいことではないだろう。

ただ、それでは盗み撮りみたいになってしまう。

ジンさんの武術大会の写真は撮影の許可を得ていたし、そもそも公開されている姿であってプライベートではない。

ポストカードは本人に断ってある。

メーシャの場合はそれらのいずれとも違う。

それに、とドロシーはもうひとつ別の問題があることに気づいていた。

ドロシー・ハイアットには周りの風景の表情が見えた。

空や月や星や建物が泣いたり笑ったりしているのが判るのだ。

けれども、どうやら他の人々には、彼らの表情が見えないらしい。

「みんなも同じだと思っていたんですけれどねー」

問わず語りになってひとりごちてしまった。

自分自身で思っているところでは、ドロシーは目の前に存在する風景たちの数多の表情を切り取っているに過ぎない。

裏を返せば、ある表情を撮りたいと思って撮影したことはない。あるものをあるがままに切り抜くのがドロシーの写真だった。

スナップショット。

写す対象を、自然にそのまま素早く切り取った写真をそう呼ぶのだけれど、ドロシーは自分の写真をスナップショットみたいだと思っていた。

報道機関であるリベール通信社に籍を置いているのもむべなるかな。

ということで、だ。ある特定の表情を写して欲しいと依頼されたことはないし、そういう目で対象を見たこともない。

「笑顔……ですか」

ひとはどういうときに笑顔になるのだろう。

あのメーシャという女の人はどうすれば笑顔になってくれるのだろう。

「困りました……」

ううむ、と頭をひねっても何も浮かばない。考え続けていたら、熱が出てきた。

こういう頭を使うお仕事はナイアル先輩向きであって自分向きではない。ドロシーはそう思う。

「これは……ムリです！」

ちび君を抱えたままドロシーは歩き出した。

仕方ない。いつものようにとりあえず街をあちこち歩いてみよう。お気に入りの風景を写しているうちに何か思いつくかもしれない。

百貨店から帝国大使館のほうへと歩きだす。

公園の屋台に寄って冷やかしつつ、帝国大使館前を西に折れる。大通りに出て、右に曲がればグランセル城だ。左に曲がれば遊撃士協会の支部がある。

太陽は中天にあり、足下に小さな影を落としていた。見上げれば青い空。白い雲がひとつふたつぽっかりと浮かんでいる。

「ご機嫌よろしいですねー」

雲に向かってちび君を構えてボタンを押し込む。レンズと感光クオーツを隔てるシャッターが一瞬だけ開いては閉じる軽やかな音を響かせて、ゆるんだ顔を浮かべた蒼空の表情が記録された。

手元側の投影板に写された景色を見て確認する。

「まあ、悪くないですよね」

ちび君の投影板はポチ君に比べると、少しだけ小さくて見づらいけれど、ドロシーが切り抜きたいと思った空の表情がそこにあった。

ピントを合わせる必要もなければ、絞りや露出や被写界深度を気にする必要もないので、楽ちんではある。物足りないとも言うが。

「うふふ……美人さんですよぅ」

写した風景に満足して、ドロシーはそのまま大通りを西へと渡る。

とりあえず目指したのはグランセル大聖堂だ。

王都に建てられただけあって、王国内にある七耀教会の聖堂ではもっとも大きい——たぶん。

心を落ち着けて何かを考えるには良い場所だ。

ゆっくりと周りの景色を楽しみながら歩いていく。

平日の仕事時間だから人通りは多くない。おかげで誰かにぶつかることもなく、何かに躓くこともなく、ドロシーは辿りついた。

両開きの大きな扉には鍵は掛かっていなかった。

大聖堂は「求める者すべてに開かれている」と常日頃から主張している。

泥棒が銀の燭台を盗み出そうともだ。

説教壇の前に何列にも並べられた横長の椅子のひとつに腰かける。ちょうど午後のお説教が始まるところだった。ゆったりとしたローブに身を包んだ司祭さまが登壇すると、座っていた人々のおしゃべりがぴたりと止んだ。

軽く笑みを浮かべ、空の女神《エイドス》の教えを語り始める。

朗々とした声の司祭さまだった。

聞いているだけで心が穏やかになって……眠くなってきた……。

肩を揺すられ気がついた。司祭さまも降壇しており、視線の先の説教壇も空っぽで、その奥にあるステンドグラスからは少し傾いた日差しが七つの色をまとって降り注いでいる。

「お疲れは取れましたかな？」

ドロシーを起こしてくれた手の持ち主が言った。

声に振り仰いではっとなる。ドロシーの脇に立っていたのは、さっきまでお説教をしていた司祭さまだった。

「う、あ、はい！　とても！」

正直にそう言うのが精一杯。そんなところで嘘をついてもしかたないし。

「それはよかった」

と、にっこり。

ドロシーの頬が熱くなった。

「ご、ごめんなさい〜」

「よろしいのですよ。エイドスさまが休みなさいとおっしゃられていたのだと思います」

そう言って、ふたたび微笑む。

大切な説教の最中に寝てしまったのだ。怒っても当然。それなのにこの笑顔だ。

申し訳ないやら、恥ずかしいやら。

もういちどだけ謝ってから外に出た。

馴染みの喫茶店のほうへと向かいながらドロシーは考える。

司祭さまはどうして笑顔だったのだろう。怒りだしてもおかしくないはずなのに……。

5

リベール通信社の入っている建物にもっとも近い喫茶店が、コーヒーハウス《バラル》だった。

この店の濃縮エスプレッソは目を覚ますのにちょうどいい。昼というには遅すぎるが、少しお腹も減ってきたところだからカレーでも食べようか……。そんなことを考えながら、ドロシーは店に入った。

昼食時ではなくなっていたけれど、代わりに午後のお茶の時間だった。

おかげで店内が混んでいる。

カウンターしか空いておらず、ドロシーはマスターの前の席に陣取った。

コーヒーを淹れるまでのわずかな時間、椅子の上で身体ごと振り返って店の中を見渡す。景色を眺めることも好きだが、ドロシーは人間を見ることも嫌いではない。

とくに今は、人々の表情に関心がある。

ドロシーの瞳は店内の人々の顔を順に追っていった。

窓際に陣取り、ずっと外の通りを眺めている青年がいる。なんとなくそわそわして落ち着かなさげ。店の時計を眺めては時々ため息をついていた。

奥の席では、運ばれてきた飲み物に手をつけず、本から目を離さない少女がいた。どうやら物語はクライマックスを迎えているらしくて、視線は真剣そのものだ。顔つきは息を呑んだような表情のままで固まっていて、今にも泣き出しそう。哀しい場面なのだろうか……。

その手前の席には、向かい合って座っている老夫婦がいた。なんだか喧嘩しているみたいだ。婦人のほうが怒った顔のままそっぽを向いていた。夫のほうも意地張って胸の前で腕を組んだままむっつりとしている。

――いろんなひとがいるものですねー。

改めて思う。

色々な人がいるだけではない。それらの人々が一瞬たりとも同じ表情を浮かべていないのだ。

百万の顔に百万の表情が浮かぶ。

「笑顔、ですか……」

難題だった。

「どうぞ」

マスターの声に我に返る。

振り返ったとたんに、コーヒーの匂いが鼻をくすぐった。淹れ立ての濃縮エスプレッソが小さなカップに注がれて目の前に置かれていた。ありがとうと礼を言い、ソーサーから持ち上げたカップに口をつけたところで――吹きそうになった。

ドロシーの真横で突然にあがった赤ちゃんの大きな泣き声が鼓膜を叩いたのだ。

若い母親がカウンターに座り、赤ん坊をあやしている。思わず見つめてしまったドロシーに気づくと、すまなそうに頭を下げた。何か心に気のかかる事があるような、少し暗い表情をしている。

ほらほら、と赤ちゃんを揺すり、そっと胸元に抱き寄せる。そういえば、とドロシーは思い出した。赤ん坊というのは母親の心臓の音を聞くと安心するのだという。自分が母親のお腹の中にいたときを思い出すからだ、などと言う人もいる。

火のついたようだった泣き声が少しずつ収まってゆく。

わずかに安堵の表情を浮かべた母親がドロシーのほうへと顔を向けた。

「ごめんなさい。うるさくしてしまって」

「いえいえ」

カウンターの奥へと引っ込んでいたマスターがやってきて、母親に小さなメモを手渡した。

手にしたメモに目を走らせた母親の顔にうれしそうな表情が浮かぶ。

「よかった……」

マスターに向かって会釈をすると、母親はスツールから立ち上がった。顔にはようやく小さな笑みが浮かんでいて。「さあ、帰りますよ」と抱いた赤ん坊に声をかけた。

まだ言葉を解するような歳ではないが、母親の顔に釣られるように、赤ん坊のほうにも笑顔がはじけた。キャッキャという明るい笑い声が店内に木霊する。

天使の声のようだ。陳腐な喩えだけれど、ドロシーは素直にそう思った。

カランとドアベルを鳴らして母親と抱きかかえられた赤ん坊は店を出て行った。

「あの方のお家には導力通信機がないようでね。遠い地に住む病気だという母親の様子を連絡してもらうことになっていたんだが――」

マスターがドロシーに教えてくれた。

「――どうやら峠を越えて回復したらしいよ」

「そうでしたかー。よかったですよぅ」

「心配そうにしていたからね」

「えっ？」

「君がだよ、ドロシーさん」

「あ……はい」

だからわざわざ教えてくれたのか。

親子の背中が消えたドアを見つめていると、入れ替わるようにして息を切らせて駆け込んできた少女がひとり。まっすぐに窓際の席へと向かうと、何度も通りを見つめていたあの青年のところへ。

憂い顔が鮮やかな笑顔に変わる瞬間をドロシーは見てしまった。

「待った？」

「ちっとも」

晴れやかな顔のまま青年はそう応える。

時計を見るに、かれこれ一時間は経っていたと思うが、青年はそれをおくびにも出さなかった。まあ――彼にはお釣りがくるほどうれしいのだろう。そそくさと会計を済ませると、ふたりは連れ立って店を出て行った。

かちゃり、とカップとソーサーのぶつかる小さな音が聞こえた。

本を読んでいた少女だ。冷め切ってしまったコーヒーにようやく手が伸びたらしい。

小さな口許へとカップを運んでいる。

胸元に大切そうに読んでいた本を抱きかかえ、カップをソーサーに下ろしてから、大きくほうと息を吐いた。夢見るような瞳のまま、すこし上気した頬の少女は、満足げに微笑んだ。クライマックスを迎えた小説はどうやらハッピーエンドで終わったらしい。

いつのまにかその手前に座っていた老夫婦は仲直りしている。長い歳月をともに過ごした夫婦らしい落ち着いた笑みを浮かべたまま何事かを語り合っていた。

その瞬間、コーヒーハウス《バラル》には笑顔があふれていた。

「あ～、そうでしたか～」

ドロシー・ハイアットは答えを見つけたのだ。

カウンターに向き直ると、さきほど口をつけずに飲み損ねていたカップを傾ける。

砂糖をたっぷりと入れたエスプレッソは苦かったけれどとても甘くもあって。

「美味しいですー」

思わず頬が緩む。

「それはよかった」

マスターが笑顔を返してくれた。

## 6

日が西へと傾き夕映えが王都の街並みを包んでいる。白い煉瓦の道も空の色を照り返して赤く染まっていた。

《エーデル百貨店》の南口で待っていると、アントンがやってきた。

「どうだった?」

アントンは旅支度をしていた。ひょっとしたら、このまま次の街へと行くつもりなのかもしれない。

「ええと、その……」

「そうか、駄目だったんだ……」

「というかですね。あの～」

ドロシーはポシェットから一枚の写真を取り出した。

「あ!」

メーシャの写真だった。

紅茶に溶かした蜂蜜のようなステキな笑顔を浮かべている。場所は、ココ――百貨店前だ。

背後に《エーデル百貨店》の建物と看板が映っている。

「すごい！　これこそ、彼女の笑顔だよ！」

アントンが手を伸ばそうとしたが、ドロシーは写真を引っ込めた。

「あ……」

「これは違うんです」

ドロシーの言葉にアントンが不思議そうな顔をする。予想していたとはいえ、少し心が痛む。

だが、この笑顔は違うのだ。

「実は、これはメーシャさんに直接お願いして撮らせてもらったものなんです。だから、お渡しできません。そういう約束ですので」

さすがに見知らぬ人間に渡すための写真を撮らせて欲しい、とは言えなかった。

「でも、せっかくそんなにかわいらしく映っているのに……」

アントンの顔に不満そうな表情が浮かぶ。

その顔にドロシーはちび君を向ける。すかさず写してから、カメラをひっくり返して手前の投影板をアントンに見せた。

ふくれっつらをしたアントンのスナップショット。

自分の不満顔を写されて、アントンが当惑したような顔になる。

「あの……怒らないで聞いてくださいね」

ドロシーの見つけた答えを判ってもらえるかは賭けだった。噂によれば恋をしている人間には理屈が通じないものだというし。

「実は、わたしあの後ずっと、メーシャさんに笑顔になってもらうにはどうしたらいいだろうって考えていたんです」

ドロシー側の特殊事情を話して聞かせる。

「わたし、撮った表情が笑顔であったことはあっても、笑顔を探し出して写した経験ってなくって、人間ってどういうときに微笑むんだろうって……」

「笑顔になるとき……？」

「そうです」

ドロシーの心の中に今日一日のグランセルを歩き回った思い出が甦ってくる。

大聖堂の司祭さまの笑顔。

母親と抱えていた赤ちゃんの笑顔。

待っていた恋人がやってきたときの青年の笑顔。

夢中になっていた本をハッピーエンドで読み終えたときの少女の笑顔。

歳経た夫婦の皺を深くした優しい笑顔。

今日一日だけでもドロシーはたくさんの笑顔に出会った。そんな経験をアントンに話しながら、ドロシーは最後にこうつけ足した。

「笑顔はうれしさの反射なんじゃないかなって……」

「うれしさの……？」

ドロシーの言葉を聞いても、アントンはまだピンとこないようだった。

「うまく言えないんですけど。母親が笑顔だったら子どもは笑うし、赤ちゃんが笑ってくれれば母親だって笑顔になるものでしょう？　出会った出来事が安心できて優しい気持ちになれたときに人は笑顔になるんだと思います」

笑い話に大口を開けてガハハと笑うときとか、してやったりとニタリと笑うときはまた別かもしれないけれど、どのみちアントンの欲しているメーシャの笑顔はそっちの顔ではないはずだ。

笑っていればいいというものではないのだ。

美女の笑顔が欲しいだけならば写真集でも買えばいいのだし――リベール通信社からも出している――メイベル市長の華麗なる一日写真集とか。

「さきほどのメーシャさんの笑顔は、頼み込んだわたしに対して向けてくれた笑顔なんです。アントンさんが手に入れたいって言っていたメーシャさんの笑顔も、同じようにアントンさんに向けてくれた笑顔なんじゃないでしょうか」

だからあれは違うんです。もう一度そう繰り返した。

アントンは言葉を無くしたように黙ってしまった。

夕方の風がドロシーの襟足を撫でて過ぎてゆく。昼の熱を取り去って、少し肌寒くなってきた。

立ち尽くしていたアントンが声を絞り出すようにして言う。

「僕、友人に言われたことがあるんだよね。『思っていることがあるなら、行動すればいいのに』って……」

アントンにはどうやら良い友人がいるらしい。

「今まで僕自身、グランセルでの思い出が欲しいだけだって思ってたけど……」

もうアントンはドロシーの写したメーシャの写真が欲しいとは言わなかった。

「お姉さんの言う通りかもしれない……」

顔をあげたアントンがドロシーに言う。

「けど。僕にはお姉さんみたいにうまく写真なんて」

あれ、話が捻じ曲がった。そーいう話ではないような。気まずさを隠すためかもしれないが
——ということにしよう。

「これ、もうすぐ発売される予定の新型カメラなんですけど」

ちび君を見せながら、ドロシーはそれが「誰にでも綺麗に」を合言葉に作られた一般向けのカメラだと説明する。

「先ほどのメーシャさんの写真も、このカメラで撮ったものなんです。どうですか？　勇気を出して、わたしみたいに頼んでみては？」

ドロシーの言葉に、しばらく考え込んだ末、アントンは頷いてみせる。

「そう、したかったな……」

過去形だった。少し、哀しい。アントンの中でメーシャとの恋はすでに過去のものになっているのだ。

これ以上はドロシーには言えない。決めるのはアントンなのだし。彼の前途に新しい素敵な恋が待っていることを願うのみだ。

ドロシーに何度も礼を言ってから、アントンは去っていった。

しばらく背中を見送ってから、ドロシーもきびすを返す。

茜の空が東から藍色へと変わりつつあった。もう、カメラのメンテナンスも終わっている頃だろう。工房で受け取って帰らないと……。

エピローグ

カメラを引き取り、リベール通信社に戻ったドロシーを迎えてくれたのはナイアルだけだった。編集室が空っぽだったのだ。

「あれー。みなさんはどうしたんですか?」

「校了したから打ち上げに行ったぞ。編集長のおごりでな」

あっさりと言われて、ドロシーはへなへなと椅子に座りこんだ。だって、そんな話、聞いていない。

「ひーどーいーですよー」

「おまえ、今号、仕事してねえじゃん」

「はっ。確かに！」

言われてみればその通りではある。確かに今回のリベール通信には一枚の写真も載せていなかったっけ。

そういえば、クーデター騒ぎが一段落してから、取材旅行にも行ってない。カメラのメンテナンスもしたことだし、そろそろ働かないとホントに減給どころか首になりかねない。それにしても、だ。

「そ、それはそうなのですが。わたしも一応は編集室の一員としてですねー」

「働かざるもの食うべからず」

「あーうー」

今頃はみんなして美味しいものを食べているのかと思うと、納得はできても我慢はできない。悔しくてお腹が鳴ってしまいそう。

「あれ？　じゃあ、なんでナイアル先輩は残っているんですか？　今号、記事を載せていましたよねー？」

「おまえ、昼のこと覚えてねえのかよ。編集長、駄洒落月間だぞ」

「ああ……」

「旨いもの食いながら、あれを聞きたいか？　まあ、記事の見直しもしたかったしな」

言いながら、ナイアルは目を落としていた最新号の試し刷りを机に放り投げた。財布をポケットにねじ込みつつ、椅子の背にかけていた上着を羽織る。

「あれ？　どこかに出かけるんですか？」

「《バラル》でよけりゃ奢ってやるが、どうする？」

「へ？　ナイアルせんぱいってば、何か悪いものでも拾い食いしましたか」

奢るなんて言葉が先輩から出ようとは。

「……腹が減っただけだ。いらねえなら残っててもいいぜ」

明後日のほうを向きながら言って扉を開けて外に出ていった。

「せ、先輩！」

慌てて追いかける。

通りに出たところで待っていてくれた。

既に夜の帳が降りていて、導力灯の白い明かりが石畳に丸く落ちている。

明かりに照らされたナイアルの顔が逆光になっていて見えない。どんな顔をしているのかドロシーにはわからなかったけれど――

「いつものカレーでいいか？」

そっけなくそう言うナイアル・バーンズに、

「はい！」

ドロシー・ハイアットは笑顔を返したのだった。

# あとがき

こんにちは、はせがわみやびです。

「英雄伝説　空の軌跡」のサイドキャラクターを主役にした短編集「英雄伝説　空の軌跡　リベール王国スナップショット」をお届けします。

登場するのは、プレイヤーたちからの人気も高いリベール通信社の記者コンビ、ナイアルとドロシーです。

ベテランにして敏腕記者であるナイアルと新米カメラマンのおっとりドロシーのコンビが、リベール王国中を旅して様々な事件と出会います。そのなかで出会った人々、心に残った風景を軽い短編形式でお伝えする、文字通りのスナップショットというわけ。

空の軌跡シリーズ名物の凸凹コンビの活躍を楽しんでいただけば幸いです。

本書は電子雑誌であります「ファルコムマガジン」に連載されていたものを収録したものです。時間軸としては空の軌跡ＦＣの頃のナイアルとドロシーを扱っております。実は引き続き、空の軌跡ＳＣのナイアル＆ドロシーをお届けする予定。そちらもよろしくお願い致します。

●

では、続いて謝辞を。

編集の小渕さま。楽しい連載企画をありがとうございました。この連載のおかげでよりナイアルとドロシーについて知ることができたと思います。

イラストの西野幸治さま。細かいところまで描きこまれた麗しいイラストをありがとうございます。ヒツジンがこんなにカッコイイなんて！

そして、日本ファルコムさま、忙しいなかを縫ってチェックをありがとうございました。ナイアルとドロシーのコンビはわたしも大好きです。

さて、ナイアル＆ドロシーのスナップショットは、次は空の軌跡ＳＣの間を切り取った短編集になります。さほどお待たせしないでお届けできる見込みです。お楽しみに！

また、あとがきでお会いしましょう。

## 『英雄伝説 空の軌跡』ノベライズシリーズ

# 好評発売中!!

著：はせがわみやび　イラスト：ワダアルコ

10 年の時を超え、不朽の名作『英雄伝説 空の軌跡』の本編ストーリーが初のノベライズ化！　リベール王国で遊撃士を目指す主人公エステル・ブライトの視点から、『空の軌跡』の世界を切り取った話題作。手がけるのは、はせがわみやび（著）＆ワダアルコ（イラスト）の実力派コンビ！

### 英雄伝説 空の軌跡

**1 消えた飛行客船**

判型：B6 正寸
総ページ数：296P
定価：1,200 円（税別）
ISBN:978-4-89610-815-6

### 英雄伝説 空の軌跡

**2 黒のオーブメント**

判型：B6 正寸
総ページ数：264P
定価：1,200 円（税別）
ISBN:978-4-89610-841-5



発行：フィールドワイ
発売：メディアパル

フィールドワイの HPはこちら → www.field-y.co.jp

# 英雄伝説 空の軌跡
## リベール王国スナップショット

2015 年 3 月 23 日　初版発行

| | |
|---|---|
| 原作 | 日本ファルコム株式会社（『英雄伝説　空の軌跡』） |
| 著者 | はせがわみやび |
| 発行人 | 田中一寿 |
| 発行 | 株式会社フィールドワイ<br>〒 101-0062<br>東京都千代田区神田駿河台 3-1-9　日光ビル 3F<br>03-5282-2211（代表） |
| 発売 | 株式会社メディアパル<br>〒 162-0813　東京都新宿東五軒町 6-21<br>03-5261-1171（代表） |
| 装丁 | さとうだいち |
| 協力 | 株式会社 Ga-Show |
| 印刷・製本 | シナノ印刷株式会社 |

※落丁・乱丁本はお取り替えいたします。
※定価はカバーに表示してあります。


Printed in JAPAN
ISBN978-4-89610-846-0 C0093

---

**ファンレター、本書に対するご意見、ご感想を**
**お待ちしております。**

あて先
〒 101-0062　東京都千代田区神田駿河台 3-1-9　日光ビル 3F
株式会社フィールドワイ　ファルコムマガジン編集部
はせがわみやび先生　宛
西野幸治先生　宛

---

**初出**

| | | |
|---|---|---|
| 第1話『突撃！　メイベル市長の華麗な一日』 | 月刊ファルコムマガジンvol.15 | 2012年4月 |
| | 月刊ファルコムマガジンvol.16 | 2012年5月 |
| 第2話『うたかたの夢を見ないで』 | 月刊ファルコムマガジンvol.17 | 2012年6月 |
| | 月刊ファルコムマガジンvol.18 | 2012年7月 |
| 第3話『思い出は色あせても』 | 月刊ファルコムマガジンvol.19 | 2012年8月 |
| | 月刊ファルコムマガジンvol.20 | 2012年9月 |
| 第4話『笑顔の理由』 | 月刊ファルコムマガジンvol.21 | 2012年10月 |